"힘내"를 대신할 말을 찾았다

요즘 애들만의
다정하고 무해한 위로

"힘내"를
대신할 말을 찾았다

김의찬 지음

허밍버드

"힘내"라는 말만큼 힘이 나지 않는 말이 또 있을까요.

실체 없는 공허한 위로와 공감이 아니라
진심이 깃든 단 한마디가 진짜 힘이 될 때가 있죠.
힘내라는 말보다 힘이 센 말 말이에요.

"밥은 먹었어? 아픈 덴 없고?"
"내가 네 옆에 있어."
"좀 그러고 있어도 괜찮아."
"걱정 마, 모두 무탈하게 지나갈 거야."
"너를 항상 응원하고 있다는 걸 잊지 마."

어쩌면 그건 당신의 매일이 무탈하기를 바라는 안부,
사랑한다는 말의 다른 형태일지도 몰라요.

당신에게도 확실한 힘을 안겨 주는 한마디가 있나요?

이 책을 편 당신에게
저는 이 말을 전하고 싶어요.

"오늘 밤,

당신이 꿈도 꾸지 않고 깊은 잠을 자길 바라요."

90년대생,
세기말에 태어나 지구에서 악착같이 표류 중

"그놈의 청춘이라는 말 좀 그만해!"

'지금 딱 한창일 나이'라는 말을 반복적으로 하는 엄마에게 더는 참지 못하고 소리를 질렀다. 그놈의 청춘. 도대체 뭐가 청춘이고 한창일 나이란 말인가. 확신컨대 지금의 20대는 역대 청년층 중 가장 희망을 품기 힘든, 불안정하고 불확신으로 가득 찬 세대이건만. 우리는 세상이 말하는 그놈의 '평범한 삶'을 얻으려고 있는 힘을 다해 아득바득 발버둥을 쳐야 한다고. 미친 경쟁에서 비롯한 탈락과 거부의 경험을 10대 때부터 짊어지고, 매 순간 불안과 무기력과 싸우며 힘겹게 걸음을 내디뎌야 한다고.

10대 때는 닭장에 갇힌 병든 닭처럼 학교와 학원을 오가며 입시 지옥을 견뎠고, 비로소 근사한 세상이 펼쳐질 거라 기대했던 20대 초반에는 학점 관리와 스펙 쌓기, 생계를 위한 아르바이트로 건강을 망쳤다. 20대 중반에는 지옥 같았던 취업 준비와 처음 겪는 사회생활에 정신 건강마저 망가졌다. 그리고 도달한 스물일곱. 몇 번의 계약직과 취업 준비를 거듭하며 우울증 약을 복용하기 시작했다. 정신과 육체를 혹사하는 동안 불안과 우울, 무기력과 불면의 정도가 정상 수치를 한참 벗어났다. 참, 이걸 말 안 했네. 20대 중반부터 과민성 대장 증후군과 신경성 두통도 얻었다. 돌은 커녕 고기도 소화하기 힘들다. 비단 나뿐만 아니라 주변 친구들도 우울증, 불면증, 불안 장애, 식도염, 위염, 스트레스성 탈모 등 한 가지 이상의 질병을 앓고 있다. 그런데 새싹이 파랗게 돋아나는 청춘이라니. 뭔가 돋아난다면 푸른 곰팡이겠지.

TV 프로그램 〈유 퀴즈 온 더 블럭〉에 최연소 공무원으로 출연했던 사람이 스스로 생을 끊었다는 소식을 접했다. 혹자는 이를 두고 '요즘 애들'은 너무 나약하다고, 도통 끈기가 없다고, '우리 때'는 새벽 세 시까지 회식하고도 그날 아침 정시에 출근을 했다고, 그렇게 버텨 내면서 여기까지 왔다고 말한다.

이에 대해 친구와 나는 우리는 나약한 게 아니라 희망이 없다고 했다. 우리의 인생이 여기서 더 나아질 수 있으리라는 희망의 부재. 7퍼센트가 넘는 경제 성장률과, 대학만 나오면 대기업에서 모셔 가는 시대를 겪었던 기성세대는 그렇게 버티고 버텨서 집과 결혼, 안정적인 삶을 손에 넣을 수 있었을 것이다. 삶이 지금보다 나아지리라 믿었고 실현 가능했을 것이다.

그런데 우리는? 끈질기게 버티면서 얻을 수 있는 게 뭐지? 내 집 마련이 가능한가? 정규직이 될 수 있을까? 결혼해서 안정적인 삶을 누릴 수 있을까? 아니. 그렇게 버티면서 얻을 수 있는 건 병밖에 없다. 평생 직장이라는 개념은 이제 사라졌고, 기업은 우리를 책임질 생각이 없다. 사람을 뽑아 일을 가르치고 회사와 함께 성장시킬 생각은커녕 당장 실무에 투입할 '중고 신입'을 원한다. 당장 글을 쓰고 영상을 만들고 콘텐츠를 기획하고 사업 계획서를 쓰길 원한다. 잘 몰라 쭈뼛거리면 "우리가 신입을 잘못 뽑았나" 같은 말을 서슴없이 입에 올린다. 정작 당신들은 NCS니, 인적성 검사니, 토익이니, 자격증이니, 토론 면접이니, PT 면접이니 아무것도 거치지 않고 그 자리에 앉아 있으면서 말이지. 그러면서 요즘 애들은 패기도, 끈기도 없다고 말하는 건 기만 아닌가.

OECD 국가 중 청년 자살률 1위를 앞다투는 나라에서 20대로 산다는 건 어떤 의미일까. '단군 이래 최고의 스펙'과 '사상 최고치의 실업률'이라는 수식어가 나란히 공존하는 시대에 산다는 것은. 아마 이생망, 혐생, 헬조선, N포 세대, 픽미 세대, 공시족, 욜로, 소확행, 2030 투자 개미 등의 단어와 무관하지 않을 것이다.

양질의 정규직은 바늘구멍이 됐고, 사람을 쓰다 버리는 계약직은 넘쳐 난다. 우리는 먹고살기 위해 그 계약직이라도 손에 넣으려고 피 터지게 경쟁하고 치열하게 애쓴다. 삶의 가장 기본적인 뿌리가 되는 생계가 흔들리니 그 위에 차곡차곡 쌓일 미래는 물안개와 같은 형상이 됐다. 형체도 없고 앞도 보이지 않는다. 무엇이 어디에 있는지도 모른

채 허공에 열심히도 손을 뻗어 본다. 뭐 하나라도 잡힐까 싶어서.

하지만 그럼에도,

그럼에도 우리는 살아 내야 한다. 이 자비 없는 세상에서 살아남기 위해서는 양팔을 힘껏 휘두르면서 앞을 헤쳐 나가야 한다.

언젠가 친구가 해파리에 관한 이야기를 들려줬다. 해파리는 헤엄치는 힘이 약하기 때문에 수면을 떠돌며 생활한다고. 그러니 헤엄치는 힘이 약하면 수면을 떠돌며 살면 된다고. 죽어 버리는 게 아니라.

어쩐지 내 얘기 같아 울컥했다. 항상 스스로를 경쟁에 최적화된 인간이 아니라고 생각했다. 성취, 쟁취, 경쟁, 결과, 성과 따위가 무엇보다 중요한 이 시대에 어울리지 않는 사람 같았다. '고성능, 고효율, 다경험자 우대' '빠르면 빠를수록 좋아요' 시대에 잘못 떨어진 구식형 인간 같았다. 하지만 그렇다고 죽어 버리는 게 아니라, 바다 아래로 가라앉는 게 아니라 해파리처럼 수면 위를 떠돌며 살면 된다고. 어디로

가는지 알 수 없지만 그저 물결이 이끄는 대로 몸을 맡기면 된다고.

다만, 이 시대에서 바다 아래로 가라앉지 않기 위해서는 그저 떠도는 게 아니라 수면 위에 손톱을 단단히 박고 있어야 한다. 하늘로 올라가는 건 꿈도 못 꿀 노릇이고, 그렇다고 이대로 가라앉을 수도 없기에 안간힘을 쓰며 수면 위에 착 달라붙어야 한다. 살아 있으므로, 살아 있기에, 앞으로도 살아 내야 하므로 이 알 수 없고 지난한 시대를 통과해야 한다.

그러기 위해서 우리에게는 작지만 확실한 용기와 위로, 현실과 맞닿아 있는 희망과 공감이 필요하다. 실체 없이 공중에 흩어지고 마는 변변찮은 위로가 아니라, 무작정 괜찮다며 토닥토닥 등을 다독이는 공허한 공감이 아니라, 일상에서 손에 쥘 수 있는 구체적이고 반듯한 양질의 말들 말이다. "힘내"라는 말 대신 "오늘 밤 네가 부디 잘 잘 수 있길 바랄게"라고 말함으로써 저마다의 사정으로 매일 밤 잠 못 드는 보통의 우리들이 무탈하고 평온한 밤을 보내기를 비는 것처럼.

그러고 보면 희망이란 결국 확장에 대한 이야기인 듯도 하다. 눈에 보이는 크기가 아니라 조금씩 삶을 더 나은 방향으로 바꿔갈 수 있느냐에 따라 희망을 품을 수 있는지 아닌지가 갈린다. 요즘 청년들이 절망하는 이유가 여기서 나온다. 윗 세대보다 가난하기 때문이 아니라 노력해도 주변을 따라잡을 수 없다는 박탈감 때문에. (중략) 부모 세대가 가난했지만 희망이 있었던 건 집을 조금씩 넓혀가는 과정이 평범한 것이었기 때문이다. 이제는 이런 행로가 운 좋은 사람에게만 해당되는 게 아닌가 허탈해하고 있다. 기성 세대는 탐욕을 조절해 양보해야 하고 청년들은 더 나은 걸 욕망해야 한다. 청년들이 오늘보다 내일이 나을 거라 낙관할 수 있고 바라는 것을 조금씩이나마 이뤄갈 수 있는 세상에만 희망이 있다.

- 정문정, 《더 좋은 곳으로 가자》(문학동네, 2021)

그러므로 이 책에는 그런 것을 담았다. 90년대생이 세기말에 태어나 마주한 황폐한 풍경과 그 속에서 이끌어 낸 성찰, 지긋지긋한 세상을 조금이라도 긍정하기 위한 노력, 그리고 이를 지나온 사람이 건넬 수 있는 최선의 위로. 부디 내 두 눈과 귀로 보고 듣고 느낀 것이 당신에게 공감과 위로, 용기가 돼 마음속 깊은 곳까지 닿길 빈다. 우리 모두 자신을 데리고 이 황량한 시대를 무사히 건너갈 수 있기를.

2021년 10월

김예란

CONTENTS

2장　이 밤을 씩씩하게 건너가자

1
장

잘 자라는 말에
힘이 날 때가 있다

요즘 새벽 세 시까지 잠이 안 오더라

딱 새벽 세 시쯤 잠이 들 것이다, 오늘은.
사실은, 오늘도. 그래서 어쩌면 내일도.

졸업을 했다. 길고 지난했던 6년간의 대학 생활이 끝났다. 6년 전 딱 이맘때쯤엔 마치 새 세상이 도래할 것처럼 가슴이 벅찼는데……. 사람들 틈바구니 속에서 축하를 나누고 꽃다발을 받고 사진을 찍고 학사모를 던지는 등 '졸업식 매뉴얼'의 모든 단계를 착실히 수행하고 나서야 마지막으로 졸업증을 받으러 인사대 건물로 향했다. 하루에도 몇 번씩 이 길을 지나다니며 건물에 들락거렸는데 이제 마지막이겠구나 생각하며 발걸음을 옮겼다. 시원섭섭할 줄 알았는데 시원하지도, 섭섭하지도 않았다. 심란하고 착잡했다. 이로써 지긋지긋한 조별 과제와 피 말리던 수강 신청도 끝이겠지만, 동시에 내 사회적 신분과 소속도 사라질 것이다. 다른 무리로부터 나를 구분 짓고 보호해 주던 울타리가 없어지는 것이다. 더군다나 그 울타리가 언제 다시 생길 거라는 기약도, 보장도 없으니 갑자기 모든 게 막연하고 막막하게 느껴졌다. 그래서일까. "감회가 새롭겠다"며 축하의 운을 뗀 같은 과 언니에게 아무런 가공도 하지 않은 채 마음속에 있던 말을 줄줄이 꺼냈다.

"아니요. 감회가 새롭기보다는…… 번듯한 데 취직한 후이 자리에 참석했다면 얼마나 좋았을까, 그런 생각이 들어요. 그랬다면 마음껏 시원섭섭해할 수 있었을 텐데. 언니 말대로 감회가 새로웠을 텐데요."

언니가 당황한 듯 뭐라 말했지만 잘 기억이 나지 않는다. 졸업식 특유의 달뜬 분위기 탓에 공중에 살짝 떠다녔던 발이 인사대 건물과 가까워질수록 서서히 바닥으로 내려왔다. 다시, 현실로 돌아갈 시간이었다.

본가로 내려왔다. 6년간의 타지 생활을 끝내고 이제는 노년기에 들어선 부모님과 늦둥이 아들이 사는 집으로 돌아왔다. 누구에게도 달갑지 않은, 그러나 어느 정도 예견된 이 상황으로 인해 열여덟 살짜리 사춘기 남동생은 누나에게 자신의 방을 내주고 아빠와 방을 공유해야 했다(우리 집은 엄마와 아빠가 각방을 쓴다). 남동생뿐만 아니라 엄마와 아빠도 각자 자신의 공간을 일정량 떼어 주고, 없어진 공간만큼의 불편을 감수해야 했다. 이 집에서 나는 제자리를 찾지 못해 엉뚱한 곳에 겨우 욱여넣은 퍼즐 조각 같았다. 본래 있어야 할 자리가 아닌 곳에 꾸역꾸역 비집고 들어가 가장자리가 쭈글쭈글해진 조각. 집으로 내려온 첫날, 그 이질감과 위화감을 견딜 수 없어 밤 열한 시가 다 된 시간에 집을 나와 근처 공터로 향했다.

아무도 없는 공터를 걷고 걷고 또 걸었다. 내일부턴 당장 뭘 해야 할까. 자소서는 어디서부터 어떻게 손봐야 하지. 자격증도 빨리 따야 하는데. 한 걸음 한 걸음 내딛을 때마다 꾹 누르고 있던 상념이 툭툭 터져 나왔다. 답도 없고 끝도 없을 것 같은 질문과 성급한 계획, 부질없어 보이는 다짐을 그렇게 한참 반복하다 불현듯 며칠 전 아는 동생이 했던 말이 떠올랐다.

"요즘엔 새벽 세 시까지 잠이 안 와. 개강하면 다시 수업에, 실습에…… 이제 4학년이니까 진로는 어떻게 해야 할지 생각하다 보면 어느덧 새벽 세 시야. 그제야 기절하듯 잠이 들어."

항상 밝고 씩씩해 보이던 동생이 갑자기 그런 말을 해서인지, 아니면 '나만 그런 게 아니구나' 같은 떳떳하지 못한

안도감이 들어서인지 그날 들었던 수많은 말 중에 이 말이 유독 진하게 마음에 남았다. 그래서 이 작고 별 볼 일 없는 동네 공터까지 따라왔나 보다.

휴대폰을 꺼내 시간을 확인했다. 자정이 되기 15분 전. 나는 오늘 몇 시에 잠들 수 있을까. 이대로 집에 들어가 씻고 침대에 누우면 이리저리 뒤척이겠지. 또 달갑지 않은 생각이 스멀스멀 올라올 테고 그러면 휴대폰을 켜 하염없이 SNS를 들여다보겠지. 그러다 눈이 따가워지면 머리끝까지 이불을 뒤집어쓴 채 마음속으로 아주 느리게 수를 헤아리겠지. 그러다 보면…… 새벽 세 시쯤 잠이 올 것 같다. 그래. 딱 새벽 세 시쯤 잠이 들 것이다, 오늘은.

사실은, 오늘도. 그래서 어쩌면 내일도.

평범히 살기 위해
이토록 열심이어야 한다면

'평범한 삶'을 얻기 위해 이토록 간절하고 열심이어야 한다면,
그렇다면 이제는 '평범함'의 기준이 바뀌어야 하지 않을까.

"너 이거 봤어?"

친구에게서 모 대기업의 마케팅 인턴 채용 공고를 봤냐는 메시지가 왔다. 이름만 들어도 누구나 알 만한 기업이라 아무리 인턴이라도 지원 자격이나 조건이 어마무시할 거라 예상은 했는데, 아니나 다를까, 공고를 확인하니 사전 미션이 있었다. 자사가 보유한 SNS 채널을 본인이 맡는다면 어떻게 운영하고 싶은지를 예시 콘텐츠와 함께 제안할 것, 그리고 새로운 이용자를 유입시킬 수 있는 마케팅 프로모션을 기획할 것. 서류 마감일까지 남은 기한은 8일이었다. 자기소개서와 두 개의 기획안, 예시 콘텐츠까지 만들려면 남은 8일을 꼬박 투자해야 했다.

뽑는 인원은 단 한 명. 와, 정말 장난 아니구나. 그만 힘이 쭉 빠져 친구에게 아연한 심정을 토로하다 말고 마음속에서 울분이 차올랐다. 아니, 정직원도 아니고 고작 몇 개월짜리 인턴 뽑는 데 너무한 거 아니야? 그렇다고 채용 연계형 인턴도 아니면서? 마음속에 맺힌 말을 가감 없이 토해내자 친구로부터 답이 왔다.

"요즘엔 다 그렇잖아. 갈수록 더 심해져."

반짝, 주위가 환기됐다. 맞아, 그랬지. 서포터즈만 하더라도 전략과 기획을 적어 내라 요구하는 기업이 태반이고, 인턴은 '금'턴이라 불리며, 정규직이 되기 위해선 총 5천 자에 달하는 자기소개서와 지난한 필기시험, 세 차례 이상의 면접을 통과해야 하는 그런 시대였지.

며칠 전, 길에서 우연히 마주친 이모부로부터 "너 아직도 그렇게 지내냐?"라는 말을 들었다. 작년 상반기 전체를 자기소개서를 쓰고 면접을 보는 것으로 날려 먹고, 하반기에 계약직으로 몇 개월 겨우 일하다 다시 취준생이 됐다고 말해야 할까. 아니면 그저 "네"라고 대답해야 할까. 고민하던 찰나 이모부는 떨떠름한 표정을 지으면서 "너 이제 진짜 큰일이다"라며 말꼬리를 늘렸다. 이모부와 헤어지고 나서도 나는 그 자리에 못 박힌 것처럼 한참을 서 있었다. 기분이 너무 나빠 아무 생각도 들지 않았다.

그날 밤 침대에 누워 좋아하는 책의 한 구절을 떠올렸다.

내 책임이든 사회의 책임이든, 닥쳐온 고통은 일단 내가 견디고 이겨내야 한다. 세상을 원망해본들 달라질 것은 없다. 누구도 그 짐을 대신 져주지 않는다. (중략) 이 시련을 견뎌야 하는 것은 '세대'가 아니다. 청년들 각자 이겨내야 한다.

— 유시민,《어떻게 살 것인가》(생각의 길, 2013)

맞아, 그러니까 징징대지 말자. 나뿐만 아니라 모두가 이 처절한 경쟁 시대에 발 딛고 있는걸. 탈락과 거부의 경험을 삼키고, 기어이 다시 노트북 위에 손가락을 올려놓는걸. 그렇게 생각을 마치고 돌아눕는 순간, 반대의 목소리가 치고 올라왔다.

그렇다고 이게 정상적인 건 아니잖아. 백 명 중 한 명 꼴로 공무원 시험에 합격하고, '취준생' '취업 준비 기간'이란 단어가 어느새 하나의 고유명사로서 아무렇지도 않게 통용되는 세상이, 매일 밤 침대에 누우면 좌절감과 무력감에 눈물이 주룩주룩 흐르는 이 현상이 정상적이고 당연한 게 아니잖아. IMF 세대, 88만원 세대를 비롯한 각 세대의 청년들이 겪은 애환과 부당함이 '어쩔 수 없다'는 말로 정당화될 수 없는 것처럼, 이런 시대에 태어났다고 해서 모두가 이 미친 경쟁에 적응하고 시대의 고난을 돌파해 낼 수 있는 건 아니며, 그러므로 이 애환을 '징징거린다' '투정부린다'는 식으로 치부할 순 없는 거잖아. 누구도 그래선 안 되잖아. 이모부 당신이 내게 그런 식으로 말할 순 없는 거잖아.

모 기업에서 인턴으로 일하는 친구가 상사와 나눈 대화를 들려줬다. 당사의 정규직 시험을 두 차례 준비하다 떨어진 후 워킹 홀리데이를 떠난 전 인턴에 대한 이야기였다. 상사는 그 인턴에 대해 시험 준비를 좀 더 해서 또 도전했어야지 왜 그만뒀는지 모르겠다며, 간절함이 없다고 했단다. 친구는 "그분은 워킹 홀리데이가 오랜 버킷리스트였대요. 시간이 지나면 못 갈 것 같아 지금 가기로 결심했대요"라고 답했으나 상사는 그것도 문제라고, 지금이 워킹 홀리데이나 갈 때냐며 맞받아쳤다고 했다. 결국 모든 게 간절함의 문제라고. 간절하지 않아 그렇다고.

그놈의 간절함. 도대체 왜 모든 순간 아등바등 기를 쓰며 살아야 할까. 그냥 이리저리 살다가 내가 간절하고 싶은 순간에만 간절해질 순 없는지. 그저 회사에 들어가 일하고, 풍족하진 않지만 내 몫의 노동의 당연한 대가를 받는 그런 '평범한' 일상을 얻는 데 왜 이토록 간절해야만 하는지.

　직장을 구해 차근차근 경력을 쌓아 승진하고, 결혼을 하고, 모아 놓은 자금으로 언젠가 내 집을 마련하고, 노후를 대비하는 게 소위 말하는 '평범한 삶'이라면, 이 평범한 것을 얻기 위해 이토록 간절하고 열심이어야 한다면, 그렇다면 이제는 '평범함'의 기준이 바뀌어야 하지 않을까. 직장 대신 아르바이트, 정규직 아닌 계약직, 결혼을 선택하지 않는 삶, 쥐꼬리만 한 월급을 아등바등 모으는 대신 좋아하는 것 먹고, 좋아하는 곳 가고, 소중한 사람들과 먹고 마시는 삶…… 이런 게 평범함으로 대체돼야 하지 않을까. 그래서 이런 삶을 선택한 사람도 '열심을 내어 자기 몫의 삶을 살아왔구나' '이제껏 스스로를 착실히 데리고 살았구나' 그렇게 인정해 줘야 하지 않을까. 그렇다면 적어도 지금처럼 경쟁에서 낙오된 실패자로 낙인찍히진 않겠지. 의지박약의 나약한 사람으로 치부되지도 않겠지. 애잔하고 안타까운 시선을 받는 일도 더 이상은 없겠지.

모르겠다. 트렌드와 사회는 하루가 다르게 바뀌고, 시대를 규정하는 허울 좋은 단어 역시 획획 변하면서 왜 평범함의 기준은 아직도 그 자리 그대로일까. 왜 그 범주는 이리도 견고해서 사람을 이다지도 유약하게 만드나. 위축되게 만드나.

"힘내"를 대신할 말을 찾았다

"오늘 밤 언니가 푸욱 잘 잤으면 좋겠어."
오늘 밤 내가 그 어떤 생각과 감정도,
심지어 작은 뒤척임조차 침범할 수 없는 숙면을 취하길 바란다니.
어쩜 그리도 무해하고 다정한 말이 있을까.

♡ ◯ ▽

♥
♥
♥

"힘내"라는 말만큼 힘이 나지 않는 말이 또 있을까. 그러면서도 달리 대체할 만한 말이 없어 다시 힘내라는 말을 기어코 입에 올리는 기분이란. 마치 주관식 시험 문제를 풀 때 오답인 줄 뻔히 알면서도 차마 빈칸으로 놔둘 수 없어 '유일한 오답'을 꾸역거리며 적는 느낌이랄까. 도저히 힘을 낼 수 없는 상황에 처한 사람들에게 다시 힘을 내라고 말하는 게 되레 미안해 어느 날은 친구와 함께 대체어를 생각해 봤으나 결론은 글쎄, 모르겠다.

그렇게 마음 한편에 자리 잡고 있던 이 무용한 표현에 대한 고찰도 슬슬 잊어 갈 무렵, 그때 마주한 것이다. 여전한 물음표를 남기고 끝난 친구와의 논의에 마침표를 찍을 수 있는 단어를 말이다. 그 말은 어느 날 갑자기 전혀 예상치도 못한 형태로 뿅 하고 나타나 내 근심 어린 미간을 빡 때리고 갔는데……

때는 계절이 가을에서 겨울로 건너가던 어느 늦저녁. 하숙집에 같이 사는 사람과의 갈등으로 마음이 몹시 울적했다. 모기가 와서 물면 엉엉 눈물이 터질 것만 같은 그런 상태였다. 결국 손에 아무것도 잡지 못하고 일어났다 앉았다, 이리저리 갈팡질팡, 이 친구 저 친구에게 정처 없이 주절거리다 부엌 식탁 의자에 턱 앉았다. 가슴께로 그러모은 무릎 사이로 얼굴을 묻고 있자니 외면하고 싶었던 직감이 기어코 뒤통수를 후려쳤다.

'당신은 오늘 밤 침대 위에서 대환장 눈물 파티 쇼를 벌이게 될 것입니다.'

그 직감의 이름은 '타율 10할'이었다. 아, 망했다. 낮에 귀로 들어온 말과 입 밖으로 빠져나간 말, 그리고 마음에 남아 응어리진 말까지. 아마도 오늘 밤 그 무수한 말과 말과 말 사이를 헤집으며 길고도 어지러운 시간을 보내게 될 것이다. 창도 없이 네모난, 음울하고 익숙한 1인분의 방 안에서 혼자 뒤척이고 훌쩍이면서.

"오늘 밤 언니가 푸욱 잘 잤으면 좋겠어."

그때였다. 나의 심상찮은 상태를 가만 지켜보던 또 다른 하숙집 메이트가 내 앞으로 걸어와 입을 뗐다. 난데없이 불쑥 건네진 맥락불명의 말에 나는 바람 빠진 소리를 내며 벙 찔 수밖에 없었다. 내가 오늘 낮에 누구랑 어떤 일을 겪었는 지 아는 건가? 분명 그때 집 안에 아무도 없었는데? 아니, 그보다 어떻게 이런 타이밍에 저런 말을……

"오늘 밤은 언니가 아무 생각도 안 하고 아무 꿈도 안 꾸 고 뒤척이지도 않고 중간에 깨는 일도 없이 정말 푸우우욱 자길 바라."

제대로 된 대답 대신 애꿎은 눈동자만 도록거리는 나를 보며 동생은 더욱 또박또박 힘을 주면서 천천히 말했다. 그 러고선 기꺼운 듯 가슴팍에 손을 착 올려놓고 "방금 내 덕담 을 언니에게 준 거야"라고 덧붙였다.

그 순간 연분홍빛 강풍이 몰아치며 마음이 크게 일렁였 다. 오늘 밤 내가 그 어떤 생각과 감정도, 심지어 작은 뒤척 임조차 침범할 수 없는 숙면을 취하길 바란다니. 당신의 밤 이 평안하길 바란다니. 어쩜 그리도 무해하고 다정한 말이 있을까. 어떻게 이렇게 따뜻하고 보드랍게 밀려올 수 있을 까. 나는 그 말이 더없이 절묘하고도 적절한 표현이라고 생 각했다.

현대인 중에 마음 편히 숙면할 수 있는 사람이 얼마나 있을까. 내 경우엔 스무 살 초반부터 잠자리가 썩 편치 않았다. 불확실한 미래에 대한 걱정과 불안이 하루치의 밤을 야금야금 좀먹어 갔고, 졸업 후 취업 준비를 할 땐 '앞날이 불투명하다'는 사실이 불안을 넘어 공포가 될 수도 있음을 깨달았다. 그 시절 나는 새벽 세 시가 넘어서야 겨우 선잠에 들었다. 직장에 다닐 땐 사방에서 밀려오는 업무더미와 기획 회의, 그에 따른 숫자와 성과, 온종일 사무실을 가로지르는 사람들과 말소리에 쫓겨 매일 밤 이부자리에서 찔찔 눈물을 흘리거나 이불킥을 날렸다. 때로는 베개에 머리를 쥐어박았다. 그런 게 잠들기 전 관례 행사로 자리 잡았고, 퇴사 후엔 딱 2주간 행복하다가 다시 뭔가에 쫓기는 꿈을 꿨다.

비단 나뿐만 아니라 현대를 살아가는, 이 시국의 아침을 맞이하는 대부분의 사람이 별반 다르지 않을 거라 생각한다. 수능이 얼마 남지 않은 수험생들, 오늘도 내일도 야근 기안을 올리며 한국의 아름다운 야경을 만들어 내는 직장인들, 한 아이의 안전과 행복을 책임지고 있는 부모들, 일상을 힘겹게 짊어진 자영업자들, 의료업계 종사자들, 취준생들……. 상황과 나이를 막론하고 모두 어딘가에 갇힌 듯 한 긴긴밤을 보내겠지.

그런 사람들에게 '밤의 안녕'을 빌어 준다는 건 그 짐을 대신 져 줄 순 없지만 적어도 당신이 잠자리에서만큼은 모든 것에서 자유로워지기를, 오늘의 잔여물과 내일 치의 몫이 뒤섞인 시간이 아닌, 오롯이 스스로를 재충전하는 밤을 누리기를, 양질의 무의식 속에서 무력하고 고단했던 심신이 회복되기를, 그리하여 평소보다 조금은 가벼운 아침을 맞이할 수 있기를 바란다는 그런 의미가 아닐까. 그날 동생이 내게 준 덕담은 그런 진심이 아니었을까.

정답은 아닐지언정 나름의 답을 찾았으니 이제껏 공백으로 남겨 뒀던 빈칸을 메우고 싶다. 일주일째 밖에 나가지 못해 답답해서 이제는 잠도 오지 않는다는 J에게, 최근 코로나에 걸리는 끔찍한 악몽을 꿨다는 S에게, 만성 무기력증이 심해져 전문적인 상담과 치료를 생각하고 있다는 친구에게, 그리고 매일 밤 이불을 끝까지 뒤집어쓰고 방 안에서 헛도는 잠을 붙잡으려 애쓰는 나 자신에게,

오늘 밤 네가 푹 잘 잤으면 좋겠다고.

한 자락의 생각도 꿈도 뒤척거림도 없는 깊고 안락한 밤을 보내길 바란다고.

당신의 밤이 부디 평안하길 바란다는 그런 덕담을, 진심을 전하고 싶다.

당신은 어른입니까?

허황된 모습을 꿈꾸며 현실의 나를 부정하는 대신
볼품없고 초라한 나를 있는 그대로 받아들일 수 있게 됐을 때,
그때 어른이 된 거라고 생각했습니다.

스무 살 때, 저는 제가 어른이라고 생각했습니다. 법적으로 성인의 나이가 됐고, 부모님으로부터 독립해서 살며, 대학 등록금과 생활비, 월세까지 전부 제힘으로 마련했으니까요. 그런데 스물다섯 어느 여름날, 머리를 감다가 문득 '나는 언제 어른이 될까?'라는 의문이 들었습니다. 참 이상한 일이죠. 스무 살 때는 스스로를 어른이라고 자부했는데, 그로부터 5년이 흐른 시점에 언제 어른이 될까를 궁금해하다니요.

그 생각의 간극으로부터 오는 아이러니가 퍽 인상적이어서 그로부터 줄곧 '어른'에 대해 생각했습니다. 어른이란 뭘까. 어떻게 어른이 되는 걸까. 어른이 된다면 그건 어떻게 알 수 있을까. 당시 저는 어른에 대한 기준조차 제대로 정의할 수 없었지만, 제가 어른이 아니라는 사실만은 확실하게 알 수 있었습니다.

그렇게 마음 한구석에 어른이라는 단어를 새겨 넣은 채 시간이 흘러, 어느새 두 번의 직장 생활을 끝낸 스물여섯의 끝자락에 도달했습니다. 다시 직장을 구해야 했으니 한참 자기소개서를 쓰고 있었죠. 몇 번을 썼다 지웠다 하면서 밤을 새우며 쓴 자기소개서를 제출하고 나서 완전히 지치고 무감해진 상태로 멍하니 앉아 있었습니다. 그런데 말입니다. 그때 깨달았어요. '아, 나 어른이 됐구나. 지금 나는 어른이구나' 하는 것을요.

뜬금없는 타이밍에 갑자기 웬 어른 타령이냐고요? 그때 저는 제가 제 자신인 걸 받아들였습니다. 비로소 제가 김예란이라는 것을요. 너무나도 당연하지만, 이전까지는 그 당연한 사실을 받아들이지 못했습니다. 그래서 종종 혼잣말을 중얼거리곤 했어요. '나는 왜 김예란일까. 나는 왜 김예란밖에 될 수 없을까. 그게 문제다, 문제. 내가 김예란인 게 문제야.'

저는 제가 이렇게 찌질하고 한심하고 무능력한 사람이라는 걸 도저히 받아들일 수 없었습니다. 스무 살에 꿈꿨던 스물여섯의 저는 매일 직장에서 눈치나 보고, 실수하고, 꾸질

꾸질한 모습으로 내내 야근하는 모습이 아니었습니다. 특별하지는 않지만 나름대로 주위 사람들의 인정을 받으며 커리어를 착착 쌓아 가는 멋진 사람이 될 거라고 생각했어요. 누군가한테 존경도 받고요. 그런데 지금 와서 보니 그런 사람이야말로 우리가 흔히 말하는 '특별한 사람'이더라고요. 그리고 저는 그런 사람이 '진짜 김예란'이라고 생각했었습니다.

그런데 자기소개서에 있는 경험, 없는 경험 싹싹 긁어모아 어떻게든 그럴싸하게 자신을 포장하는 제 모습을 보고 있자니, 이게 저의 진실한 모습이라는 생각이 들었습니다. 그제야 이렇게 별 볼 일 없고 보잘것없는 사람이 나라는 사실을 받아들였어요. 멋진 버버리 코트를 걸치고 또각또각 구두를 신은 채 곱게 화장한 모습으로 바삐 미팅 장소에 가는 모습이 아니라, 후드를 뒤집어쓰고 머리를 질끈 묶은 채 도서관에서 질질 짜며 자기소개서를 쓰는 모습이 진짜 김예란이라고요.

그 과정은 슬프고 처참했습니다. 사람들에 둘러싸여 박수를 받는 주인공이 아닌 건 물론, 주인공 옆에 선 조연도 아니고 그저 한낱 엑스트라일 뿐이라는 사실을 인정한다는 게 참 그랬어요. 그렇지만 저는 그제야 제가 어른이 된 것 같았습니다. 허황된 모습을 꿈꾸며 현실의 나를 부정하는 대신 볼품없고 초라한 나를 있는 그대로 받아들일 수 있게 됐을 때, 그때 어른이 된 거라고 생각했습니다.

언젠가 친구 J에게 물었습니다.

"J야. 나는 내가 어른이라고 생각해. 내가 나인 걸 그냥 받아들이기로 했거든. 그저 그런 사람이고, 내 인생도 그저 그렇게 흘러갈 것임을 받아들였어. 너는?"

"나는…… 아니야. 아직 아닌 것 같아. 아직 받아들이지 못하겠어."

각자 '어른'을 정의하는 기준이 다르겠지만, 저는 '내가 김예란임을 받아들인 것'이 기준이 됐습니다. 그 이후부터 마음이 편해졌거든요. 제가 원하는 멋진 모습이 아니더라도 견딜 수 있고, 원하는 직무가 아니더라도 담담하게 할 일을 해낼 수 있게 됐습니다. 살이 쪄도, 이건 '살이 찐 나'로 받아들일 수 있게 됐어요.

그냥 이게 저입니다. 이런 글을 쓰고, 이렇게 밥벌이를 하고, 가끔 실수하고 종종 우울하고 자주 찌질해지는 인간,

그게 저예요. 여기에 더 이상 반박할 마음은 없습니다. 뭐, 어쩔 수 없는 김예란인 거죠.

당신이 생각하는 어른은 어떤 모습인가요? 당신은 진정 어른인가요?

친절함의 미학

두 눈에 힘을 바짝 주고, 정신을 맑게 가다듬고,
'Be Kind' 두 어절을 마음속에 단단히 새기면서 출근길에 올라야지.

기분이 더러웠다. 내가 잘못한 일이었지만 상대방이 그런 태도로 나오니 머리가 차갑게 식고 속에서 화가 치밀었다. 상황은 이러하다. 나는 현재 대학교에서 행정직원으로 일하고 있고, 나의 업무 중 하나는 방역이 필요한 강의실을 파악해 보고하는 것이다. 중간고사 기간이었기에 대면 시험을 진행하는 강의실을 파악하고 정리해 이미 보고서를 올린 상태였다. 그런데 중간고사 당일, 한 교수님이 갑작스럽게 내 담당이 아닌 강의실에서 시험을 치르고 싶다며 조치를 취해 달라고 했다. 나는 해당 강의실 담당자에게 잠시 공간을 사용할 수 있냐고 허락을 구한 뒤 시험을 진행시켰다.

그로부터 일주일이 지난 오늘, 해당 강의실 담당자로부터 전화가 왔다. 담당자는 언짢은 기색을 숨기지 않으면서 강의실 사용 후 방역 신청을 했냐고 따지듯 물었다. 당시 경황이 없어 방역 요청을 하지 못했다고 답하며 죄송하다고 사과를 거듭했다. 그러자 담당자는 기가 차는 듯 웃으며 말했다.

"선생님, 지금 상황이 적반하장인 것 같은데요. 선생님이 잘못한 일인데 마치 제가 부탁하는 듯이 됐잖아요. 이게 뭐예요?"

그 말에 너무 기분이 나빠 침묵하다가 전화를 끊을 때쯤 한 번 더 죄송하다고 가라앉은 목소리로 말했다. 그러고는 곧장 방역 담당자에게 전화를 걸어 방역을 요청했다. 무사히 방역을 마치고 모든 일이 마무리됐을 때쯤에도 나는 계속해서 기분이 나빠 일에 집중할 수가 없었다. 뭐가 적반하장이란 말이지? 내가 화내거나 욕한 것도 아니고, 거듭 미안하다고 말하며 상황을 수습하려고 했는데 왜 그런 식으로 말하지? 치미는 화를 꾹꾹 누르는데 문득 이 상황과 비슷한 장면이 떠올랐다.

한 달 전, 한 선생님이 내가 올린 기획서를 제대로 읽지 않아 상황이 꼬인 적이 있었다. 뒤늦게 자신이 오해했다고 말하는 선생님에게 너무 화가 나 그만 미간을 한껏 찌푸리며 쏘아붙였다.

"선생님, 그때 분명히 기획서 제대로 보셨다고 했잖아요. 그렇게 말하고서 이제 와서 이러시면 제가 뭐가 돼요? 제가 이것 때문에 몇 번을…… 하…….."

짜증 섞인 목소리로 말하고선 내 자리로 돌아왔다. 그때 맞은편에 있던 선생님이 어떤 표정을 짓고 있었는지, 무슨 말을 하려다 말았는지 나는 기억하지 못한다.

생각이 거기까지 미치자 절로 고개가 숙여졌다. 역지사지라고 했던가. 내가 한 행동을 똑같이 되돌려 받는 것 같았다. 짜증에 관해서라면 누구보다도 마인드 컨트롤을 잘할 수 있다고 자부했는데, 결국 나 또한 상대방의 기분은 생각하지 않고 나 편한 대로 말하고 행동했구나. 부끄러움과 후회가 동시에 밀려왔다. 하지만 그 부끄러움을 계기로 단단히 깨달았다. 비록 잘못이나 실수의 책임이 상대방에게 있다고 하더라도 관대함과 친절함을 유지할 필요가 있다는 것을. 누구나 실수하기 마련이고 나도 예외일 순 없음으로 서로에게 가시를 세운 채 일해선 안 된다는 것을. 짜증 내고 화내면 상대방은 물론 내 마음까지 찐득찐득 진흙탕이 돼서 업무와 인간관계에 악영향만 미친다는 것을.

생각해 보니 우리 모두 각자의 생계를 등에 짊어지고 매일 아침 힘겹게 일터로 향하는 사람들 아니던가. 똑같이 고달픈 처지인데 작은 실수 하나 했다고 그렇게 날을 세울 필요가 있을까. 뭔가를 조금 늦게, 또는 틀리게 처리해서 일이 조금 귀찮아지더라도 그렇게 화낼 필요가 있을까. 우리 모두 같은 공간에서 각자의 일을 하며 스스로를 열심히 책임지려고 하는 '동지'인데.

"Be Kind."

학창 시절 교과서에서도, 선생님의 가르침에서도, 일상적인 대화에서도 귀에 딱지가 앉을 만큼 접했던 문장을 먼 길을 돌고 돌아 다시 마주한 기분이다. 삭막하고 예민하게 굴러가는 '직장인의 삶'이라는 게 덧씌워지면서 눈이 침침해졌나 보다. 그래서 등잔 밑에 있던 저 문장도 발견하지 못한 채 뾰족해졌겠지. 그러니 이제는 두 눈에 힘을 바짝 주고, 정신을 맑게 가다듬고, 'Be Kind' 두 어절을 마음속에 단단히 새기면서 출근길에 올라야지.

퇴근하면 회사 일은 잊는 거야

어쩌면 우리는 뭔가를 잊기 위해 운동을 하고 음식을 먹고
게임을 하고 책을 읽고 SNS를 하는 것이라고.

♥
♥
♥

내가 담당자임에도 억울했다. 아니, 담당자여서 억울했다. 내가 왜 이걸 책임져야 해? 난 아무것도 몰랐는데!

사건은 입사하고 한 달 정도 지난 후에 학과 특성화 사업 프로그램 계획서를 제출하고 벌어졌다. 담당자는 문제없이 승인 처리를 했고, 여름방학 동안 프로그램은 무사히 진행됐다. 그런데 강사비를 지급하는 과정에서 문제가 터졌다. 예산 담당자가 나를 불러 용역 계약을 했냐고 물었다. '용역 계약? 그걸 왜 해야 하는데?' 하지 않았다고 답하자 담당자는 계약을 안 하면 어떻게 강사비를 지급하겠냐고 기가 차다는 듯 나를 다그쳤다.

당황스러웠다. 아무도 내게 용역 계약을 해야 한다고 말해 주지 않았다. 계획서를 승인한 담당자도 아무 말 없이 서류를 통과시켰고, 그렇기에 나도 아무 문제없는 줄 알았다. 그런데 이제 와서 안 했다고 따지니 억울했다. 입사한 지 한 달도 안 된 사람이 아무도 알려 주지 않는데 계약이니 용역이니 내부 결재니 그런 걸 어떻게 안단 말인가!

어쨌든 돈은 지급해야 하니 예산 담당자와 나는 강사비 430만 원을 두고 머리가 터지도록 고민했다. 필요한 서류가 열 개가 넘었고, 견적서에 교육 일정과 교육 소모품 단가를 계산해 세세히 기재했다. 타견적서도 두 부나 필요했다. 그 와중에 예산 담당자도 짜증이 났는지 나한테 한껏 소리를 질렀고, 나도 억울한 마음에 떠듬떠듬 할 말을 했다. 그렇게 우리는 사흘 동안 절박한 심정으로 방법을 강구했다. 스트레스가 엄청나 머리카락이 다 빠지는 줄 알았다.

여차여차하여 대략적으로 일을 정리했다. 드디어 한시름 놓게 된 것이다. 종일 그 문제만 잡고 있었더니 머리가 깨질 듯 지끈거렸다. 아픈 머리를 부여잡고 퇴근하는데 엄마에게 전화가 왔다. 상황을 설명했더니 엄마는 수고했다며, 집 가는 길에 네가 좋아하는 음식을 사서 저녁을 챙겨 먹으라고 했다. 그리고 한마디 보탰다.

"퇴근하면 회사 일은 잊어. 원래 회사 생활은 그렇게 하는 거야."

하하, 회사 생활을 한 번도 제대로 해 본 적 없는 엄마가 그런 말을 하다니. 조금 아이러니하다고 생각했지만 과연 맞는 말이었다. 퇴근하면 회사 일은 더 이상 생각하지 말아야 한다. 그래야 건강한 정신과 육체를 보존하며 살 수 있다. 그래서 엄마 말대로 좋아하는 카페에 들러 커피와 케이크를 주문했다. 원래는 곧장 집으로 가 냉장고에 남은 음식으로 대충 끼니를 때울 생각이었다.

시원한 에어컨 바람을 맞으며 따뜻한 아메리카노와 부드러운 당근 케이크를 먹고 있자니 나를 끈질기게 괴롭히던 두통이 슬슬 물러나는 게 느껴졌다. 고소한 커피와 달콤한 케이크를 먹으며 책을 음미하듯 천천히 읽었다. 그리고 생각했다. 어쩌면 우리는 뭔가를 잊기 위해 운동을 하고 음식을 먹고 게임을 하고 책을 읽고 SNS를 하는 것이라고. 언젠가 책에서도 몸이 아픈 어린 아들을 둔 엄마가 아이에 대한 걱정과 근심, 나쁜 상상을 멈추기 위해 온갖 종류의 책을 닥치는 대로 봤다는 이야기를 읽었다.

정말로 그럴지도 모른다. 퇴근하면 회사 일은 잊어야 하고, 회사 생활은 원래 그렇게 하는 것이며, 우리는 깨어 있는 동안 수시로 우리를 방문하는 걱정과 불안과 초조함과 골치 아픈 일을 잊기 위해 끊임없이 뭔가를 하고 집중하는 것일지도. 내가 회사 일을 잊기 위해 그날 카페에 들어갔듯이 말이다. 비단 심심하거나 생존을 위해서가 아니라, 잊기 위해서 우리는 해야 할 일 외의 것에 그렇게 몰두하는지도 모른다.

그러니 나는 건강한 정신을 유지하기 위해, 덜 불행해지기 위해, 오늘도 잊기 위해 퇴근 후 바지런히 책을 읽고 운동을 할 것이다. 친구에게 전화를 걸어 수다를 떨고 맛있는 음식을 천천히 음미하며 먹을 것이다. 쓸데없이 SNS를 뒤적이고 카톡으로 시답잖은 농담을 주고받으며 낄낄거릴 것이다. 퇴근하면 회사 일은 잊어야 하는 법이니까. 원래 회사 생활은 그렇게 하는 것이니까. 어느 집 여사님의 말처럼 말이다.

사회 초년생들이여, 고개를 들라

적어도 회사 밖의 삶에서는 염치는 줄이고 배짱은 늘릴 필요가 있다.
그러면 좀 어때. 쫄리면 자르시든가.

얼마 전, 영화 〈크루엘라〉를 봤다. 주인공 크루엘라는 우여곡절 끝에 최상위 명품 의류를 취급하는 백화점에 입사한다. 하지만 디자이너를 꿈꾸던 그가 맡은 직무는 화장실 바닥 닦기, 쓰레기 버리기, 이불 세탁하기 등이다. 한마디로 청소부로 고용된 것. 틈만 나면 상사에게 자신을 수선실로 보내 달라고 부탁하지만 씨알도 안 먹힌다. 그렇게 상사에게 밉보이기만 한 상태에서 사소한 실수를 해 상사에게 불려 가는데, 크루엘라는 그가 뭐라 입을 떼기도 전에 아주 당당하고 뻔뻔하게 말한다.

"절 해고하시기 전에, 불쌍한 직원에게 빛나는 기회를 줄 따뜻한 마음이 그 엉덩이 꽉 끼는 수트 안에 숨어 있을 거라 믿어요."

상사는 어이없다는 듯 숨을 내쉬더니 자기 방이나 치우라고 말한다. 그런데 크루엘라는 해고되지 않은 것에 감지

덕지하기는커녕 청소는 대충 하고 수납장에 있던 술을 멋대로 꺼내 꼴깍꼴깍 마신다. 그러고는 백화점 쇼윈도 속 마네킹의 옷을 제 마음대로 디자인해 바꾼 뒤 술에 취해 그대로 잠든다.

다음 날 그 모습을 발견한 상사가 기겁하며 크루엘라의 뒷덜미를 낚아채고서 거칠게 해고 통보를 한다. 그 순간, 전국에서 악명 높은 천재 디자이너가 백화점을 방문한다. 그의 등장에 일동이 어수선해진 틈을 타 크루엘라는 상사의 손아귀에서 벗어나 몸을 숨긴다. 동료가 몰래 다가와 얼른 도망가자고 하지만, 크루엘라는 천재 디자이너에게 눈을 고정한 채 이렇게 말한다.

"잠깐만! 해고되기 전에 저것만 보고 가자."

이 대목에서 나는 뜬금없이 깊은 감명을 받았다. 세상에, 저렇게 뻔뻔하고 기가 막힐 수가. 자신이 잘못했음에도 불구하고 이리도 대담하고 기세등등하다니. 경악을 금치 못했다. 그리고 생각했다. '그래, 저게 바로 사회 초년생들에게 필요한 자세야!'

직장 생활을 하다 보면, 특히 사회 초년생들은 크고 작은 실수와 잘못을 하기 마련이다. 일단 나부터가 그렇다(슬프게도 현재진행형이다). 능력이 부족해 팀원들에게 도움을 줄 수 없는 경우도 있었고, 큰 실수를 해 상사를 당황하게 한 적도 있었다. 하지만 그럴 때마다 내가 할 수 있는 일은 딱히 없었다. 사건을 수습하고 책임질 만한 능력도, 권위도 없으므로 그저 열심히 죄송해할 뿐.

그런데 어느 순간 자책의 기간과 정도가 심해져 스스로를 자주 갉아먹었다. '내가 부족해서 팀원들이 고생하고 있어. 나는 대체 왜 이럴까. 잘하는 게 하나도 없어' '이런 실수를 하다니. 나는 밥 먹을 자격도 없어' 이런 생각을 거듭했고, 회사를 벗어나서도 기가 죽어 마음이 철퍽 가라앉은 채로 지냈다. 밥맛도 없어지고 잠도 못 잘 정도였다.

그날도 그랬다. 실수를 저질러 상사에게 왕창 깨지고 힘없이 있는데 다른 팀의 상사가 내게 오더니 말했다.

"잊어버려요, 예란 씨. 이미 지나간 일인데 어쩌겠어. 잊는 것도 의지고 능력이에요. 나는 나이가 들어 그걸 알게 됐는데 예란 씨는 좀 더 일찍 알았으면 해서."

잊는 것도 의지고 능력이라니. 하긴, 매번 열심히 자책하고 괴로워해 봤자 변하는 건 없었다. 여전히 나는 할 수 있는 게 없고, 지나간 일은 되돌릴 수 없으니까. 몇 날 며칠 끙 끙 앓으며 죽은 사람처럼 지내 봤자 내 정신과 육체의 건강 만 망칠 뿐이었다. 이래도 저래도 달라지는 게 없다면 나 는, 우리는 어떻게 해야 할까.

답은 영화 속에 있었다. 그저 좀 더 뻔뻔해지는 것. 잘릴 수 있는 상황에서도 "우리 저것만 보고 가자!"라고 말할 수 있을 만큼 낯을 두껍게 만드는 것. 물론 영화는 현실이 아니 므로 잘못했지만 어쩔 거냐는 식으로 밀고 나가라는 게 아 니다. 다만 회사 안에서는 반성하며 묵묵히 자기 할 일을 하 되, 회사 밖에서는 어깨를 펴고 기를 세우고 다녀도 된다는 말이다. '이미 일어난 일이고 당장 내가 할 수 있는 것도 없 는걸. 여차하면 다른 회사 구하면 되지, 뭐' 이렇게 마음을 먹고 씩씩하게 퇴근 후의 삶을 살면 된다. 자신을 위해 요리 를 만들고, 운동을 하고, 책을 읽고, 영화를 보고, 친구들을 만나면 되는 것이다. 그렇게 지내도 양심에 털 안 나더라. 언제까지고 풀 죽어 있어 봤자 괴로운 건 나 자신과 그걸 지 켜보는 주위 사람들뿐이다. 그러므로 적어도 회사 밖의 삶 에서는 염치는 줄이고 배짱은 늘릴 필요가 있다.

그러니까 나는 사회 초년생들이 좀 더 뻔뻔해지기를, 다른 말로 하면 자신을 더 도닥여 줄 수 있는 사람이 되기를 바라는 것이다. 그러면 좀 어때. 쫄리면 자르시든가.

자, 그러면 오늘도 마음을 가볍게 하는 출근길의 주문을 외며 하루를 시작해 볼까.

"잠깐만! 우리 잘리기 전에 저것만 좀 보고 가자!"

우리, 이 시대를 씩씩하게 건너가자

멘탈이 깨져도 얼른 다시 이어 붙이는 것.
넘어져도 금세 다시 일어서는 것.
우리는 그런 자세를 연습하고 체화해야 한다.

♥
♥
♥

"확실한 건, 세상은 점점 살기 힘들어질 것입니다."

친구 J가 일주일 전 교수님과 주고받은 메시지 내용을 화두로 꺼냈다. 교수님의 마지막 저 말이 마음에 남아 한동안 괴로웠다고 했다. 사실이라면 너무도 희망이 없으니까. 실체 없는 허공에 대고 혼자 아등바등 발길질하는 것 같아 힘이 쭉 빠진다고, 지금 자신이 하고 있는 게 다 부질없이 느껴져서 도저히 힘이 나지 않는다고 했다.

그도 그럴 것이 J는 지난여름까지 계약직으로 일하다 현재는 다시 취업 준비 중이다. 자기소개서를 쓰고 고치고 제출하고 떨어지고. 면접을 보고 또 떨어지고. 그런 지난한 과정을 수없이 겪은 상태에서 저런 말을 들었으니 얼마나 맥이 빠질까. J의 말을 가만히 들으며 어떤 말을 해 주면 좋을지 말을 솎아 내고 있었다. 그런데 갑자기 J가 이야기의 결을 틀었다.

"그런데 있잖아, 그냥 이렇게 생각하기로 했어. 그건 교수님의 주관적인 의견일 뿐이라고. 교수님의 경험의 한계일 뿐이라고."

J는 줄곧 내리깔고 있던 눈을 다시 들어 올리며 뭔가를 덜어 낸 듯 한층 가벼운 어투로 말했다. 나는 그 말에 맞장구를 치며 답했다.

"그래, 우리 그렇게 생각하자. 저 말이 사실이라면 너무 힘드니까 그냥 우리 편할 대로 생각하면서 계속해서 걸어가자."

"맞아, 맞아."

우리는 서로의 말에 힘차게 대답하며 광안리의 밤바다를 걷고 또 걸었다.

전 직장에 다닐 때의 일이다. 상사에게 탈탈탈탈 탈수기처럼 털리고 퇴근길에 비척비척 걸어가던 중, '지금 청년들에게 가장 필요한 덕목은 씩씩함이 아닐까' 생각한 적이 있다. 부모님 세대에서 가장 필요했던 덕목이 '버티는 것', 그러니까 가혹한 사회와 부조리한 시스템 속에서 살아남기 위해 무슨 일을 겪든 자기 자리를 굳건히 유지하며 견디는 것이었다면, 지금의 2030세대는 세상에 맞서기 위해 씩씩하고 또 씩씩해져야 한다고.

이 시대의 청년들은 먹고살기 위해 부당하고 비합리적인 일에 무조건 참을 인 자를 새기며 버텨야 하는 세대가 아니다. 그래 봤자 제대로 된 보상을 받지도, 고난을 통과해 안정적인 상태에 이르지도 못할 것을 본능적으로 알기 때문이다. 지금은 그런 시대다.

대신 우리는 이 자비 없는 무한 경쟁 시대에서 살아남기 위해 씩씩해져야 한다. 경쟁 뒤에 찌꺼기처럼 가려진 무수한 탈락과 거부의 경험을, 비교와 좌절의 굴레를, 가혹한 줄세우기 식의 폐해를 마주하고 넘어진다고 해도 금세 다시 기운을 차리는 것. 얼마간 아파하다가 툭툭 털고 다시 일어나 키보드 위에 손을 올려놓는 것. '괜찮아. 이거 안 되면 다른 데 지원하지, 뭐. 좀 더 기다려 보자' 하고 마음을 다잡으며 다시금 씩씩해지는 것. 우리에겐 그런 자세가 필요하다. J가 생각의 결을 바꿔 다시 씩씩하게 고개를 든 것처럼.

언젠가 같은 회사에서 일하던 동료 언니가 전 직장에서 겪은 에피소드를 들려줬다. 상사에게 혼나던 중에 그가 이런 말을 했단다.

"네가 유리 멘탈인 건 알겠어. 그런데 너 말이야, 얼른 다시 일어서. 멘탈이 깨져도 괜찮으니까 얼른 다시 붙여 놓으라고. 특히 이 업계에선 그런 게 필요하니까."

정말로 그렇다. 멘탈이 깨져도 얼른 다시 이어 붙이는 것. 넘어져도 금세 다시 일어서는 것. 우리는 그런 자세를 연습하고 체화해야 한다. 점점 씩씩해지는 법을 훈련해야 한다.

그러기 위해 내 나름의 방법을 찾았는데, 첫 번째는 바로 '적당한 스탠스를 유지하는 것'이다. 어떤 일을 할 때 너무 기대한다거나 온 마음을 쏟는다거나 소중한 일상을 모두 포기하면서까지 힘을 들이면 그게 잘되지 못했을 때 엄청난 타격을 입기 쉽다. 치명상이다. 몇 날 며칠을 침대에 고꾸라져 있게 된다. 자신은 뭘 해도 안 된다며 자기 비관과 혐오에 빠지기 쉽다. 그러니 내가 할 수 있는 만큼은 분명히 하되 '되면 좋고, 안 되면 말고'의 마인드를 장착해야 한다. 마음의 여유가 없더라도 하루에 두 개쯤은 자신이 좋아하는 일을 꼭 해야 한다. 나를 위한 행위를 하는 시간을 따로 마련해 놓아야 결과가 좋지 않더라도 금방 기운을 차리고 씩씩해질 수 있다. 툭툭 털고 다시 걸어갈 수 있다.

두 번째는 '기본적인 일상의 패턴을 유지하는 것'이다. 씩씩해지기 위해선 잘 먹고 잘 자야 한다. 몸과 마음은 연결돼 있기 때문에 마음이 맥을 잡지 못하면 몸이라도 정신을 차려야 한다. 제때 건강한 음식을 챙겨 먹고 제시간에 잠들고 일어나려고 노력해야 한다. 일상의 패턴을 망치면 정신은 더 깊은 동굴 속으로 들어가기 때문에 회복하는 데 더 오랜 시간이 걸린다. 그러니까 아무리 바빠도, 아무리 절망스러워도 밥을 먹고 운동을 하고 잠을 자고 사람을 만나야 한다, 평소처럼. 친구와 만나 떡볶이와 치킨에 맥주를 곁들이며 "거참, 그 회사 존나 인재 못 알아보네?" 하며 깔깔대도 좋다. 그것 역시 자신의 일상을 유지하는 방법일 테니까 말이다.

나는 이런 식으로 나만의 방법을 찾아 가며 점점 씩씩해지는 훈련 중이다. 아직 두 개밖에 찾지 못했지만 계속 노력하다 보면 언젠가 다섯 개고 열 개고 찾을 수 있지 않을까? 그래서 회사에서 꼰대 상사에게 무례한 방식으로 털려도, 다시 백수가 돼서 탈락을 마구 경험해도 조금 아파하다가 금세 "괜찮아. 다음에 잘하면 되지" "다른 곳 지원하면 되

지" 하며 씩씩하게 걸어갈 수 있지 않을까? 지금보다 훨씬

튼튼한 마음으로.

우리는 좋아하지 않지만
사랑할 수 있을까

나는 엄마를 사랑하지만 좋아하지 않는다.

좋아하지 않지만 사랑한다.

그건 엄마도 마찬가지일 것이다. 아마 우린 평생토록 그럴 것이다.

"나는…… 나는 그냥 엄마가 나를 좋아해 줬으면 좋겠어."

"너를 항상 사랑한다는 거 알잖니."

"그런데 나를 좋아하냐고."

- 영화 〈레이디 버드〉

질풍노도의 정점에 서 있는 열여덟 살 레이디버드와 그
의 엄마가 대화를 주고받을 때, 나는 레이디버드가 아직 어
리고 어리석어 엄마의 말을 있는 그대로 받아들이지 못한다
고 생각했다. 그래서 '사랑'이라는 더 깊고 진한 감정을 표현
했음에도 '그건 그렇고, 그래서 나를 좋아하냐'고 되묻는다
고 여겼다. 그도 그럴 것이 레이디버드는 섣부르고 무례한
언행으로 종종 사람들에게 상처를 줬으며, 여느 사춘기 시
절의 아이처럼 꼬일 대로 꼬여 있었다. 아주 배배.

무엇보다, 사랑이란 좋아하는 마음이 발전해 형성된 못

내 소중하고 애틋한 감정이 아니던가. 단순히 좋아하는 것을 넘어 상대를 위해 기꺼이 내 시간과 에너지, 자본을 희생할 수 있을 때 우리는 사랑이라는 단어를 말하지 않는가.

그래서 당시엔 '레이디버드의 눈에 너울이 씐 것 아니면 뭐겠어?'라고 생각했다. 그리고 그 '당시'로부터 얼마의 시간이 흘러 물리적으로 부산에서 강원도까지 떨어지게 됐을 때 나는 깨닫고야 만 것이다. 좋아하는 것과 사랑하는 것은 별개의 문제일 수 있다는 사실을. 요컨대, 사랑하지만 좋아하지는 않을 수 있다는 것을. 특히 부모와 자식 간의 관계에선 충분히 그럴 수 있다는 것을.

작년 2월, 나는 직장 문제로 부산에서 강원도로 왔다. 김해에서 나고 자랐으며, 부산에서 대학을 다녔고, 모든 직장 경력을 그 범위와 테두리 안에서 쌓았던 나는

그야말로

한순간에

갑자기

뚝

강원도로 떨어진 것이다.

아무런 연고도, 연관성도, 경험도 없는 곳에서 새로운 생활을 시작하는 건 정말이지 쉽지 않았다. 힘들다는 말로는 다 설명하기 힘들 정도로 힘들었다. 낮에는 새로운 환경과 사람들, 업무에 적응하느라 신경을 곤두세우고 있어서인지 온몸이 마분지처럼 빳빳하게 굳었고, 밤에는 1인분의 몫을 제대로 해내지 못한다는 느낌에 위까지 쪼그라들었다. 거기에 '이곳엔 나와 취향과 생각과 감정과 의견을 공유할 사람이 없다'는 구슬픈 사실까지 더해져 매일 밤 지독한 고립감과 불안과 초조와 스스로에 대한 한심함과 지긋함, 갈피를 잡을 수 없는 원망과 환멸 속에 끙끙 앓다가 눈을 감곤했다.

그래서 한동안 친언니와 친구들에게 시도 때도 없이 전화를 했다. 요즘 무엇을 하고 어떤 걸 보고 무슨 생각과 감정을 붙들고 사는지, 서로의 시시콜콜한 일상과 내면을 나눴다. 휴대폰 너머로 전해지는 친근하고 정겨운 목소리를 듣는 것만으로도 속에 응어리진 것이 풀어졌고, 다시 새로운 색이 채워졌다.

그러나 엄마에게만큼은 전화를 걸지 않았다. 이틀에 한

번꼴로 오는 엄마의 전화를 받는 일도 없었다. 액정에 뜬 이름을 확인한 후 휴대폰을 뒤집어 두고 못 본 체했다. 왜 엄마와의 대화에서 얻을 수 있는 유익은 아무것도 없다는 생각이 자꾸 드는지.

엄마의 전화를 피한 지 한 달 반이 넘었을 땐 스스로 곰곰이 생각해 봤다. 왜 전화를 받고 싶지 않을까. 왜 대화를 덮어 두려고만 할까. 엄마가 너무나도 해맑고 단순한 사람이어서? 그래서 내가 느끼는 애환을 받아들이기는커녕 이해조차 할 수 없을 거라 생각해서? 늘 '우째ㅜ 파이팅~' '힘내^^'와 같은 아무런 효력도, 진심도 없는 휘발성 강한 단어를 던지다가, 이내 '근데 내가 지나가다 너무 예쁜 옷을 봤는데 너도 하나 사 줄까?' 하는 식의 이야기로 넘어가기 때문에?

그러니까 엄마에게 하고 싶은 말도, 기대할 말도 없다는 생각에서일까? 아니다. 이건 제1의 이유가 될 수 없다. 위로와 공감에 소질이 없는 건 엄마뿐 아니라 언니도 마찬가지니까. 그럼에도 나는 언니에게 별일 없이 전화를 걸어 목적지 없는 대화를 곧잘 이어 가니까 말이다. 그렇게 머릿속에 뭉쳐 있던 의문과 상념의 타래를 하나둘 풀다 보니, 어느

새 마음 한가운데에 전에 보지 못했던 명제 하나가 선명히 자리 잡았다.

나는 엄마를 좋아하지 않아.

그렇구나. 그랬던 거구나. 그래서 친구들과 맛있는 음식을 먹으러 다니고 조잘조잘 수다를 떠는 순간은 그리도 간절했으면서, 엄마와 함께 보내는 시간은 쉽게 그려지지가 않았구나. 그래서 부산의 작은 거리와 골목골목은 그렇게 눈에 밟히면서도 '집에 가고 싶다'는 생각만은 들지 않았던 거구나.

나는 엄마를 좋아하지 않는다. 그리고 엄마도 나를 좋아하지 않는다. 분명하다. 나는 엄마와 나누는 대화가 즐겁지 않고 엄마와 보내는 시간이 유쾌하지 않다. 엄마와 함께 여행을 간다고 생각하면 기분이 좋아지지도, 마음이 들뜨지도 않는다. 엄마와 함께하는 순간이…… 슬프게도 기대되지 않는다.

생각해 보면 엄마와 나는 서로를 좋아하기엔 '어쩜 이다지도 다른 모녀'였다. 우린 같은 걸 봐도 전혀 다른 걸 느꼈고 완전히 다른 이야기를 했다. 애초에 사고 회로 자체가 정반대로 뻗어 있는 것 같았다. 엄마에게 있어 나는 너무나도 비관적이고 회의적이며 동시에 이상할 정도로 복잡하게 뭔가를 오래 생각하는 '도무지 이해할 수가 없는 존재'였다. 엄마에게 나는 자신이 한 번도 경험해 보지 못한 생각과 감정을 가진, 어딘가 잘못됐으며 비정상적인 딸이 분명했다. 그래서 엄마는 학창 시절의 내가 어떤 생각을 하는지, 왜 그런 행동을 하는지에 대해 일절 관심이 없었고, 그저 내 언행을 질책하기 바빴다. 너는 도대체 뭐가 문제냐고. 너는 비정상이라고.

나 또한 엄마를 감당하기 힘들었다. 무신경해 보일 정도로 해맑고 단순하며 종종 아찔할 만큼 긍정적인 엄마를 보고 있자면 가슴이 답답했다. 힘에 겨웠다. 엄마가 내 슬픔과 우울에 아무런 관심이 없다는 사실을 마주할 때면 속눈썹마저 무겁게 내려앉았다.

너무도 간단하고 명확한 이 사실 관계를 이제껏 자각하지 못했던 이유는 단 하나다. 그럼에도 나는 엄마를 사랑하기 때문이다. 나는 엄마를 사랑한다. 이 또한 저명한 사실이다.

나는 엄마를 위해서라면 내 시간과 에너지, 자본을 기꺼이 내줄 수 있다. 만약 엄마에게 무슨 일이 생긴다면 내 상황을 제쳐 둔 채 물불을 가리지 않고 달려갈 것이다. 나는 엄마를 좋아하지 않지만 사랑한다. 엄마도 마찬가지일 것이다. 그렇기 때문에 함께하는 시간이 기대되지 않음에도 이렇게 멀리, 오랜 시간 떨어져 있노라면 서로를 생각할 수밖에 없는 것이다.

엄마를 생각하면 나눴던 대화나 추억이라고 부를 수 있는 순간이 아니라 엄마의 웃음소리가 떠오른다. 민망하다는 듯 고개를 젖히고 깔깔 웃는 엄마의 눈가 주름이, 웃을 때 둥그렇게 벌어지는 입꼬리가 생각난다. 그래서 좋은 영화를 보고 맛있는 걸 먹을 때, 아름답고 멋진 순간을 마주할 때면 어찌할 도리 없이 엄마를 떠올리는 것이다. 막상 그 순간을 공유하게 되면 엄마와 나 사이엔 또다시 밋밋하고 납작한 시간이 흐르겠지만 말이다. 그래도 어쩔 수가 없다. 엄마와 나는 정반대의 성향과 취향을 가진 개인이기 이전에 엄마와 딸이기 때문이다. 서로 좋아하지 않는다는 이유만으로 등을 돌리기엔 이미 너무 많은 시간과 공간을 나눴다. 너무 많은 표정과 찰나를 봤다.

나는 엄마를 사랑하지만 좋아하지 않는다. 좋아하지 않지만 사랑한다.

그건 엄마도 마찬가지일 것이다. 아마 우린 평생토록 그럴 것이다.

이를 알고 받아들인 후로 엄마와의 관계에서 많은 걸 덜어 낼 수 있었다. 애써 엄마와 시간을 보내려고 하지도, 그렇다고 피하거나 덮어 두려고 하지도 않았다. 힘을 들여 엄마를 이해하려고도, 엄마에게 나를 이해시키려고도 하지 않았다. 좋아하려고 노력하지도, 좋아해 주기를 바라지도 않게 됐다. 이전보다 훨씬 건조하지만 자연스러운 관계로 나아갈 수 있었다. '애증'이라는 무겁고 찐득한 단어에서 벗어나 한층 객관적이고 가벼운 언어로 우리 모녀를 재정의하게 된 것이다.

그러니 당신에게도 묻고 싶다. 이 글을 보면서 누구를 떠올렸는지. 그 사람과의 관계를 어떻게 정의할 수 있는지. 혹여나 이 사회의 관념이나 이념 때문에 놓치고 있는 부분은 없는지.

사랑하지만 좋아하지 않거나, 좋아하지만 사랑하지 않거나. 혹은 사랑하는 만큼 미워하거나. 어쩌면 적당히 좋아하고 적당히 미워하거나.

오디션 프로그램을 보고 슬퍼졌다

여러분이 흥미진진한 천재들의 경쟁 속에서도
슬픔을 찾아내는 사람이 됐으면 좋겠습니다.

♥
♥
♥

　저희 엄마는, 과격하게 말하면 '천재'에 환장하는 분입니다. 타고난 재능을 가진 영재를 보며 일종의 카타르시스를 느끼는 것이죠. 그래서 재능 있는 아이들을 모아 경쟁시키는 오디션 프로그램을 몹시 좋아합니다. 그런 엄마가 요즘 꽂힌 건 프로듀서 박진영과 싸이가 심사 위원으로 출연하는 보이그룹 양성 프로젝트입니다.

　엄마는 오랜만에 본가에 방문한 저를 TV 앞에 앉혀 놓고 "이것 좀 봐라"라며 부산을 떠셨습니다. 마지못해 자리에 앉은 것도 잠시, 곧이어 스크린에 펼쳐지는 천재들의 향연에 넋을 잃고 말았습니다. 감각적인 센스와 유머로 프로듀서를 사로잡은 아이부터, 스스로 비트를 찍어 작사·작곡을 하는 아이, 영화를 찍는 아이, 전 세계 춤 배틀에서 1위를 휩쓴 열한 살 천재 소년까지. 모두 혀를 내두를 만큼 탁월한 재능과 실력을 겸비한 아이들이었습니다.

그런데 그 모습을 보다 문득 슬퍼졌습니다. 각국에서 날아온 재능 있는 아이들 뒤에 남겨진 '꿈을 꿀 기회'조차 없는 아이들이 생각났기 때문입니다. 꿈은커녕 자신의 재능이 무엇인지조차 발견하지 못하는 아이들, 뭔가를 향해 죽도록 연습할 노력의 기회조차 주어지지 않은 아이들 말입니다. TV에 비춰진 반짝이는 아이들의 모습 속에는 값비싸 보이는 음악 기기, 넓은 연습실, 카메라 장비와 녹음기 같은 것이 있었습니다. 분명 부모님의 지원과 환경적·자본적 뒷받침에서 비롯한 산물이겠죠.

거기까지 생각이 미치자 우리가 흔히 말하는 '재능'이 과연 온전히 개인에게 속한 능력인지 의문이 들었습니다. 그걸 발견할 수 있고 아름답게 자라날 수 있도록 해 주는 환경적·자본적·문화적 뒷받침이 있었기에 비로소 재능이라는 말로 표현될 수 있는 것 아닌가 싶었습니다. 그런 생각은 자연스럽게 얼마 전 SNS에서 읽은 한 칼럼을 떠오르게 했습니다.

다른 계급에서 성장한 아이들이 같은 시험지로 같은 날 시험을 치른다고 공정한 경쟁이라고 할 수 있을까요.

한 사람의 '능력'이란 것은 타고난 재능이나 자질보다 가족으로부터 우수한 학업 기회가 제공되느냐, 행운이 따르느냐 등 비능력적 요인에 의해 많은 것이 좌우됩니다.

- 은유, 〈다른 '계급'에서 자란 아이들이 같은 날 같은 시험을 치르는 게, 공정한 경쟁인가요〉(《경향신문》 칼럼)

칼럼의 내용 중 "능력은 환경적·사회적으로 구성되는 것이며 '온전히 개인에게 속한 능력'이란 환상"이라는 문장이 마음에 맺혔습니다. 그렇습니다. 결국 재능이라는 것도 개인의 고유한 능력이 아니라 사회적·문화적·인적 자본과 유기적으로 연결돼 완성되는 것입니다. 우리의 실패가 온전히 우리의 탓만은 아니듯, 누군가의 성공이 모두 그 자신 덕만은 아닐 거예요.

물론 프로그램에 나온 아이들의 무수한 땀방울과 노고의 시간을 인정하지 않는 건 아닙니다. 그들의 타고난 재능을 부정하는 것도 아니에요. 그들도 분명 그 자리에 가기까지 우리가 상상할 수 없는 인고의 시간을 견뎌 왔을 것입니다. 다만 그 시간을 견디면서 꾸준히 성장할 수 있었던 게 온전히 개인의 재능이나 의지의 문제만은 아니라는 것이죠. 재능도 완벽히 개인에게 속한 특성이 아니고요.

이 글을 쓴 건 우리 모두가 잊지 않았으면 하는 마음에서입니다. 화려한 스포트라이트를 받는 사람들의 재능과 열심만 찬양할 게 아니라 그 이면에 남겨진, 재능과 열심을 좇을 여건조차 되지 않는 사람들도 있다는 사실 말입니다. 그리고 재능이 발견되고 싹을 틔워 꽃을 피우는 과정에는 결코 한 사람의 개인적인 노력이나 의지만 필요한 게 아니라는 것도요. 그걸 잊지 않을 때 우리는 세상을 더 다양한 시선으로 폭넓고 관대하게 바라볼 수 있다고 믿습니다.

여러분이 흥미진진한 천재들의 경쟁 속에서도 슬픔을 찾아내는 사람이 됐으면 좋겠습니다.

얼평과 몸평이 난무하는 사회

자신의 둥그스름한 또는 각진 얼굴형을,
통통한 하체를, 올망졸망한 작은 눈을
고유한 개성으로 인식하고 소중하게 대할 수 있길 간절히 희망한다.

♥
♥
♥

　중고등학생 시절, 길을 걷다 반대편에서 또래 남자 무리를 발견할 때면 발걸음을 돌려 다른 길로 갔다. 이상하게 그들을 지나치는 순간 얼마간 어색함과 찜찜함이 등허리에서부터 올라왔다. 그땐 단지 사춘기 소녀의 부끄러움에서 비롯한 감정이라고 생각했는데, 세월이 흘러 성인이 된 후에 깨달았다. 그 기분 나쁜 불편함은 내 얼굴과 몸에 내리꽂히는 그들의 시선 때문이었다는 것을.

　그 시절, 남학생이 여학생의 외모를 함부로 품평하는 모습을 종종 보고 들었다. 학교 담벼락에서 서너 명의 남학생이 모여 벽 너머로 보이는 여학생들을 한 명 한 명 지목하며 "저 여자는 몸매는 괜찮은데 얼굴은 별로네" "이 여자는 코가 이상하네" "가슴이 작아서 탈락"이라며 낄낄거리는 모습을 우연히 목격한 것에서부터, 남학생이 같은 반 여학생의 얼굴과 몸에 순위를 매겨 1급수부터 5급수까지 분류한 쪽지가 반 전체에 퍼져 학교가 왈칵 뒤집혔다는 친구의 이야기까지. 그리고 어느 날, 학원에서 같은 반이었던 남학생이 지나가는 다른 반 여학생의 얼굴을 보며 하는 말을 들었다. "저것도 얼굴이라고 들고 다니냐"고. 분명 그렇게 말했다. 나는 그날로 학원을 그만뒀다. 다른 반 친구까지 품평하는 마당에 같은 반인 나에 대해선 오죽했을까. 내가 없는 곳에서 자기들끼리 나에 대해 이야기하는 모습을 상상하는 것만으로도 수치심과 분노가 몰려왔다.

나는 그렇게 얼평과 몸평이 주는 혐오스러운 감각과 기분 더러운 눅눅함을 체화하며 자랐다. 하지만 어른이 된 뒤에도 상황은 나아지지 않았다. 이전과 같은 직접적인 품평은 줄었지만, 교묘하게 상대방을 압박하는 형태로 변형돼 다시 숨을 죄어 왔다. 가장 대표적인 것이 '너 ○○○ 하면 예쁘겠다'는 말이었다.

"너 살 빼면 예쁘겠다."

"너 화장하면 예쁘겠다."

"너 안경 벗으면 예쁘겠다."

특히 여성이라면 살면서 한 번쯤은 이런 말을 들어 봤을 것이다. 내 경우엔 쌍꺼풀이었다. 어딜 가나 쌍꺼풀 수술을 하라는 쪽과 하지 말라는 쪽으로 나뉘었다. 처음 가는 미용실의 원장님도, 같이 사는 하숙집 친구도, 심지어 엄마와 친척까지도 내 눈을 화두에 올렸다. 나는 한 번도 내 눈에 불만을 품은 적이 없었는데(쌍꺼풀은 없지만 나름 올망졸망 귀여웠다), 반복적으로 수술 제안을 들으니 무의식 속에서 의구심이 자라났다. '그럼 지금 내 눈은 별로라는 말인가?' '수술하면 더 예뻐질까?' 그런 생각은 평소에는 잠잠히 있다가 자존감이 바닥으로 내팽개쳐지는 순간 번뜩 수면 위로 솟구쳤다. '쌍꺼풀이 없는 너는 못생겼어' '안 그래도 평범한 얼굴인데 눈이라도 커야지' 하고.

결국 내 인생에서 자존감이 가장 바닥이었던 시절에 쌍꺼풀 수술을 결심했다. 사람들의 말처럼 수술하면 더 예뻐질 거라고, 그러면 스스로의 모습을 긍정할 수 있을 거라고 믿었다. 하지만 결과는 역시. 내면에 문제가 있는데 애꿎은 외면을 바꿨으니 상황은 제자리걸음일 수밖에 없었다. 쌍꺼풀 수술을 한 후에도 여전히 자존감은 바닥이었고, 나는 계속 깊고 깊은 수면 아래에서 둥그렇게 몸을 웅크리고 있었다.

그리고 세월이 흘러 깨달았다. 언뜻 상대방을 위한 것처럼 보이는 외모에 대한 '조언'은, 사실은 있는 그대로의 자신을 긍정하기 힘들게 만드는 장치였음을. 어떻게 하면 예쁠 것 같다는 말은, 다르게 말하면 현재의 너의 모습은 결점이 있으며 그렇기에 썩 좋아 보이지 않는다는 뜻임을. 그리고 그런 말이 누적돼 자신의 현재 모습에 의문을 품게 되고, 그 의문은 곧 불만이 되며, 쌓인 불만은 다시 억압이 돼서 스스로의 숨통을 조인다는 걸 알았다.

또 한 가지. 아무리 칭찬이라 할지라도 경계할 필요가 있다는 것 역시 알게 됐다. 외모에 대한 칭찬이 커질수록 그에 대한 집착도 커질 수 있으니 말이다. 내 경우엔 피부가 그랬다. 나는 20대 초반까지 피부가 정말 좋았다. 사람들이 내게 뭔가를 말하다 말고 "근데 너 피부 진짜 좋다"라고 할 정도였다. 하루에도 몇 번씩 "대체 어느 피부과에 다니길래 피부에서 그렇게 윤이 나냐"는 소리를 들었다. 나는 그럴수록 피부에 집착했다. 피부는 내가 가진 유일무이한 무기이자 장점이라고 생각했다. 그래서 뾰루지 하나만 생겨도 엄청난 스트레스를 받았으며, 얼굴에 손이나 물건이 닿는 걸 극도로 싫어했다. 강박적으로 손을 씻었고, 피부가 나빠질까 봐 집이 아닌 다른 곳에서의 숙박을 꺼렸다. 건강에 문제가 생겨 피부에 여러 개의 수포가 생겼을 땐 우울증과 대인기피증에 걸려 스스로를 깊은 구덩이 속으로 밀어 넣기까지 했다.

얼평과 몸평이 난무하는 사회. 헤어스타일부터 패션까지 어느 것 하나 남 눈치를 보지 않는 데가 없는 게 바로 지금 우리 사회다. 하지만 이와는 정반대의 지점에 선 또 다른 사회가 있다. 바로 독일이다. 독일에서는 외모에 대한 지적은 물론 칭찬까지도 입 밖으로 꺼내는 일을 경계한다고 한다. "너 오늘 화장 잘됐다" "요즘 살이 빠진 것 같아"와 같은, 우리나라에서 일상적으로 말하고 듣는 말이 독일에서는 비일상의 범주에 속한다고 한다. 아주 친한 관계가 아닌 이상 타인의 외모에 대한 언급은 섣부르고 무례한 판단이라는 생각에서다.

나는 우리 사회가 이와 닮아 가길 희망한다. 외모에 대한 지적은 무례한 행동이라고 점점 인식이 바뀐 것처럼 외모와 관련한 칭찬이나 사소한 코멘트까지도 우리의 일상적인 대화에서 사라지길, 서울 강남역과 부산 서면역에 도배

된 성형외과 광고가 전부 사라지길 바란다. 그리하여 사람들이, 특히 여성들이 자신의 있는 그대로의 모습을 긍정하는 시대가 오길 바란다. 자신의 둥그스름한 또는 각진 얼굴형을, 통통한 하체를, 올망졸망한 작은 눈을 고유한 개성으로 인식하고 소중하게 대할 수 있길 간절히 희망한다.

모든 아이는
부모의 이기심으로 태어난다

'아직 존재하지도 않는' 아이의 입장을
부모의 고민에 포함시킬 수 있다는 사실을
인지하는 사람은 또 얼마나 있을까.

"모든 아이는 부모의 이기심으로 태어난다는 말을 어떻게 생각해?"

언젠가 친구 J가 물었다. 질문의 요지를 좀 더 설명해 달라는 눈빛을 보내자 가수 김윤아가 온라인 커뮤니티에 쓴 글을 본 적이 있다며 입을 뗐다. 스스로 원해서 세상에 태어나는 아기는 없으므로 부모의 결정이 아니었더라면 이 세상에 한 생명체가 내던져지는 일은 없었을 거라고, 아이가 태어나는 건 순전히 부모의 욕심 때문이기에 부모는 가능한 한 최대한의 행복을 아이에게 선사해야 한다는 글을 어떻게 생각하냐고 물었다.

"J야, 너는 그 말에 동의해?"

"응, 나는 그렇게 생각해."

"나도 그래."

J와 나는 '산다'는 게 어떤 의미인지 아는 나이가 됐다.

세상은 어렸을 때 봤던 만화영화처럼 새롭고 가슴 벅찬 일로 가득 차 있지 않다는 걸 안다. 삶을 채우고 있는 대부분의 시간은 밋밋하고, 별 볼 일 없고, 열기인지 냉기인지 모를 미적지근한 온도로 흘러가며, 언제나 이도 저도 아닌 주저함이 진득하게 들러붙어 있다는 걸 안다.

J와 나는 그 감각을 안다. 매일 아침, 오늘도 죽지 않고 눈을 뜬 스스로를 저주하는 감각을. 더 이상 아무것도 보고 듣고 싶지 않아서, 모든 게 끝났으면 해서, 도저히 버틸 수도 견딜 수도 없어서 울면서 거리로 뛰쳐나와서는 건널목 앞에서 필연적으로 멈춰 서는 발걸음을. 좌우로 곁눈질하며 도로를 살피는 그 모순의 감각을. 소름 끼치는 생존 본능 때문에 죽지도 못하고, 그렇다고 살아 있다고 말할 수도 없는 그 상태의 감각을 우리는 안다.

사람들이 아이를 낳는 이유는 뭘까. 더 안정되고 완전한 (사실은 그렇다고 믿는) 형태의 가정을 위해서. 상황과 관계의 개선 또는 유지를 위해서. 현재의 공기를 전환할 터닝포인트가 필요해서. "아이가 생기면 다른 세계가 펼쳐진다"의 그 '다른 세계'를 경험하고 싶어서. 보다 높은 차원의 사랑을 베푸는, 한층 더 성숙해진 자신과 마주하고 싶어서. 아이 없이 늙어 가는 삶에 자신이 없어서. 또는 당연하다고 생각하기 때문에. 나이가 들어 결혼하고 아이를 낳는 건 세상의 진리이며 의심할 여지없이 자연스러운 일이니까.

'당연하다'라……. 인간에게 '태어났으면 배가 고프고, 일정량의 수면을 취해야 하며, 음식을 섭취하면 배설하고 싶어지는 것' 외에 당연한 게 있을까. 결혼을 해야 한다, 아이를 낳아야 한다, 낳는다면 몇 명을 낳아야 한다 같은 사회적 관습이나 시대의 이념에 따라 얼마든지 허물어지고 변형될 수 있는 가치에 '본능'이나 '당연' '자연스러운' 같은 단어를 붙일 수 있을까. 애초에 이다지도 복잡하고 미묘해 도저히 알 수가 없는, 뭐라고 정의해야 할지 갈피를 잡을 수 없는 무수한 타인과 개인으로 구성된 이 세계에서 당연하다고 할 수 있는 게 있을까. 존재하기는 할까.

저마다의 이유야 어쨌든 모두 현재보다 더 나은 형태의 미래, 인간으로서 더 성숙한 지점에 도달한 자신의 모습을 그리며 임신과 출산을 결심할 것이다. 아이를 위해, 아이에게 이 아름다운 세상을 보여 주고 싶어서, 자신이 느낀 행복과 사랑 같은 감정을 알려 주고 싶어서 아이를 낳는 사람이 얼마나 있을까. '아직 존재하지도 않는' 아이의 입장을 부모의 고민에 포함시킬 수 있다는 사실을 인지하는 사람은 또 얼마나 있을까.

*

유난히 더웠던 지난여름, 33도를 웃도는 폭염 속에 온갖 짐이 든 돌덩이 같은 가방을 메고 40분가량을 내리 걸었던 적이 있다. 두피를 뚫을 기세로 내리꽂히는 땡볕에 땀이 비오듯 쏟아졌고, 마스크 안의 찐득한 공기는 온 땀구멍과 숨구멍에 들러붙었다. 긴 슬랙스는 넓적다리와 엉덩이에 엉망으로 엉겨 붙었으며, 발바닥 표면에서 시작된 욱신거림은 발목까지 퍼져 나갔다. 그중에서도 가장 견딜 수 없었던 건 등에 멍에처럼 지워진 가방이었다. 끊임없이 고인 열기를 만들어 내며 당장에라도 어깨와 쇄골을 짓누를 것처럼 나를 압박하던 그 끔찍한 무게. '조금만 더 힘을 내자. 곧 목적지가 나올 거야. 저 표지판까지만 가면, 저 모퉁이만 돌면 될 거야' 마음속으로 되뇌고 되뇌도 지옥 같은 길의 끝은 보이지 않았다. 가방은 아래로 아래로 내려가면서 나를 점점 바닥으로 끌어당기는 것만 같았다.

학창 시절, 길을 나설 때마다 등에 짊어져야 했던 그 가방을 '가난'이라고 생각했다. 열 살 무렵부터 시작해 점점 무게를 불리며 매 해, 매일, 매 순간 내 어깨를 내리누르던 그것. 하지만 나는 그날 폭염 속의 도로 위에서 그건 가난이 아닌 삶의 무게라고 생각을 바꿨다. 태어났을 때부터 모든 이에게 필연적으로 부과되는 것. '인간관계'와 '먹고사는 것'을 주축으로 형성되는 굴레.

모든 아이는 자아가 형성될 무렵 '자기 앞의 생'을 등에 업고 레이스를 시작한다. 그리고 죽을 때까지 이 굴레에서 벗어날 수 없다. 사람으로 태어난 이상 예외는 없을 것이다. 그런데 삶을 받아들이는 태도와 중압감을 느끼는 정도는 저마다 다르다. 같은 날, 같은 시간, 같은 무게의 가방을 들고 같은 길을 가더라도 씩씩하고 당차게 걸어가는 사람이 있는가 하면, 겨우 한 걸음을 떼기도 힘든 사람도 있다. 선천적으로 더위에 강한 사람이 있는가 하면, 햇볕 알레르기로 인해 매 순간 피부가 달궈지고 짓무르는 고통을 견뎌야 하는 사람도 있는 것이다. 그리고 누군가는 타의든 자의

든 사고든 주어진 레이스를 완주하지 못한 채 그저 그렇게 길 위에서 사그라지기도 한다.

어떤 아이가 태어날지 모른다는 소리다. 당신과 똑 닮은 아이가 태어날 수도, 180도 다른 아이가 태어날 수도 있다. 당신이 이제껏 무사히 레이스를 통과했다고 해서 당신의 아이도 그러리라는 보장은 어디에도 없다.

아이를 가지려거나 이미 누군가의 부모가 된 사람을 비난하고자, 또는 아이를 낳는 일 자체에 회의감을 표하기 위해 이 글을 쓴 건 절대 아니다. 다만, 살면서 누구나 한 번쯤은 깊이 고민해 봤으면 좋겠다. 왜 아이를 가지고 싶은지. 그렇다면 인성적·환경적으로 부모가 될 최소한의 준비가 돼 있는지. 한 생명을 이 질고의 바닷속에 태어나게 한다는 게 어떤 의미를 지니는지. 자신의 의지와는 상관없이 태어날 아이의 행복과 안전을 책임진다는 것의 무게를 아는지. 나와는 전혀 다른 생각과 감성, 시각을 가진 아이가 태어난다면 과연 그 아이를 얼마만큼 품어 줄 수 있는지. 그럴 수 없을 때 그럼에도 불구하고 나는 계속해서 이해의 방향으로 나아가려고 노력하는 사람인지.

그리고 묻고 싶은 것이다. 훗날 당신의 자녀가 길을 걷다

너무도 힘에 겨워서, 더위에 피부는 짓무르고 발에는 물집
이 잡혀 지쳐 울면서 왜 이 고해 속에 나를 내놓았느냐 묻는
다면 당신은 뭐라고 답할 것인지. 그때 어떤 말을 해 줄 수
있는 부모이자 개인인지.

"아버지, 우리한테 사과하세요."

"씨발, 왜 어른들이 사과를 못 하는데?"

♡ ◯ ◁

"아버지, 우리한테 사과하세요."

이를 꽉 깨물고 눈을 부릅뜬 채 한 글자 한 글자 씹어 뱉
듯 말하던 미연(문소리 분)의 목소리는, 영화가 끝난 후에도
메아리처럼 나를 따라다녔다. '아버지, 우리한테 사과하세
요'라니. 어쩌면 나는 내 아버지에게 줄곧 그렇게 외치고 싶
었는지도 모른다.

영화 〈세자매〉는 어릴 적 트라우마가 후에 어떻게 발현
하는지를, 아버지의 폭력과 사람들의 방관이 뒤섞인 끔찍
한 기억이 무의식 속에서 어떻게 작용하는지를 보여 준다.
영화에서 세 자매는 아버지의 생일을 맞이해 오랜만에 식
탁 앞에 모인다. 아버지는 깔끔하고 고급스러운 레스토랑
의 하얀 식탁보만큼이나 정갈하게 기도를 올린다. 하느님,
우리가 이렇게 다 같이 모여 식사할 수 있게 해 주셔서 감사

드립니다.

그때 정신이 아픈 막내아들이 두 눈을 꼭 감고 기도하는 아버지의 앞으로 저벅저벅 걸어가 바지 지퍼를 내린 후 오줌을 갈긴다. 막내아들은 너 때문이라고, 네가 다 망쳤다고 발악하면서 바닥에 나뒹군다. 미연은 그런 동생을 격하게 질책한다. 너 도대체 왜 그러냐고, 이리 좀 나와 보라고 말하며 매서운 손길로 동생을 때린다. 그렇게 한참 실랑이를 벌이던 미연을 멈추게 한 건 다름 아닌 아버지의 목소리. 아버지는 식사 자리에 함께 있던 목사에게 이런 소란을 만들어 정말 죄송하다며 연신 사과한다. 미연은 동생을 때리던 손길을 멈추고 뒤돌아서서 아버지에게 한 자 한 자 짓이기듯 말한다. 목사님에게 사과하지 말고 우리한테 사과하라고. 악에 받쳐 소리를 지르다 결국 무릎을 꿇고 오열한다. 미연의 민낯, 그러니까 어렸을 때 아버지에게 맞는 첫째 언니와 막냇동생을 두고 도망쳤던 어린 자신의 모습이 드러나는 순간이다.

일전에 아빠가 술에 취해 나에게 "너를 낳은 건 내 인생의 가장 큰 오점"이라고 말한 적이 있다. 유년 시절에 그랬던 것처럼 금방이라도 뺨을 후려갈길 듯 투박하고 두툼한 손을 높이 치켜든 채로 그렇게 말했다. 나는 순간 두려움에 무릎을 부들부들 떨면서도 생각했다. '좋겠다.' 아버지 당신은 그런 말을 할 수 있어서 좋겠다고. 너를 낳은 건 실수였다느니 뭐니 그런 소리를 입 밖으로 낼 수 있는 입장이어서 좋겠다고. 그저 태어나 보니 당신 같은 사람이 부모인데 어떡하냐고. 아버지 당신이 생각 없이 낳아 폭력과 폭언과 방치로 키워 현재 약으로 간신히 삶을 버티는 나는 도대체 어떻게 해야 하냐고. 나는 그때 이루 말할 수 없는 분노와 맞을지도 모른다는 두려움 사이에 서서 눈앞의 남자를 끝까지 노려봤다.

그로부터 반년이 지났을까. 약으로도 도저히 억누를 수 없는 우울이 몰려온 밤이었다. 그날 밤 아빠에게 근 몇 년 만에 처음으로 메시지를 보냈다. 나를 낳은 건 인생 최대의 오점이라고 한 그 말이 맞았다고. 나는 애초에 태어나선 안 될 사람이었다고. 얼마 지나지 않아 답장이 왔다.

'이제 최대의 즐거움이 되어 주면 안 되겠니?'

순간 얼이 빠졌다. 그 말이 이해되지 않아 메시지를 읽고 또 읽었다. 어쩌면 이해하기 싫었는지도 모른다. 미안하다는 말도, 진심이 아니었다는 말도 아니었다. 사과는커녕 자신이 한 말을 그대로 인정하며 나에게 책임을 전가한 것이었다. 너는 내 인생 최대의 오점이 맞으니 이제부터라도 최대의 즐거움이 돼 주면 안 되겠냐고. 나는 그날 울다가 과호흡이 와 산소 호흡기를 낀 채로 응급실에 실려 갔다. 도마 위에 올려놓은 물고기처럼 입을 크게 열고 닫기를 반복하며 숨을 크게 들이쉬었다가 토해 냈다. 그래도 숨이 잘 쉬어지지 않았다.

"씨발, 왜 어른들이 사과를 못 하는데?"

영화에서 결국 끝까지 사과를 하지 않는 미연의 아버지에게 손녀는 빽 소리를 지른다. 왜 어른들은 사과를 못 하냐고. 할아버지, 사과하시라고. 그렇게 아버지의 생일상은 엉망이 된다. 한쪽에서는 막내아들이 나뒹굴고, 앞에서는 미연이 엉엉 오열한다. 그 와중에 첫째 딸이 암에 걸렸다는 사실이 밝혀져 상황은 다시 한 번 왈칵. 그야말로 뒤죽박죽 엉망진창이다.

문제의 아버지는 과연 어떻게 했을까? 남매에게 사과했을까? 아니, 〈세자매〉는 영화인 동시에 현실이었다. 아버지는 사과하는 대신 유리창에 자신의 머리를 쾅쾅 박는다. 피가 뚝뚝 떨어진다. 미안해서일까? 아니다. 그는 자식들에게 미안해서가 아니라 목사에게 이런 수치스러운 모습을 보였다는 창피함과, 자신의 박살 난 명예와 자존심을 어찌하지 못해서, 그리고 이 상황 자체를 회피하고 싶어서 유리창에 머리를 박은 것이다. 그 모습을 보는 내 마음에서도 피가 뚝뚝 흘렀다.

우리 아빠는 언젠가 사과를 할까? 여덟 살이었던 내가 바닥에 쓰러질 때까지 내 뺨을 후려갈긴 것에 대해, 언니의 머리채를 움켜쥐고 소파에 몇 번이고 얼굴을 박은 것에 대해, 저런 년은 뒤질 때까지 패야 한다고 소리친 것에 대해, 엄마의 이름으로 사업을 하다 결국 엄마를 신용불량자로 만든 것에 대해, 덕분에 집에 빨간딱지가 붙을 정도로 가난해져 우리에게 이루 말할 수 없는 설움과 고생을 안겨 준 것에 대해 언젠가 사과하는 날이 올까.

아니, 아마 그렇지 않을 것이다. 경상북도 안동 출신의 62년생 김하식 씨는 결코 우리에게 사과하지 않을 것이다. 영화에서 말한 것처럼 그런 어른은 사과할 줄 모르니까. 그렇다면 내가 할 수 있는 일은 단 하나, 나는 그리 되지 않는 것. 사과할 줄 모르는 어른으로 자라지 않는 것. 어린아이에게도 잘못했다고, 미안하다고 용서를 빌 줄 아는 어른이 되는 것. 그게 내가 선택할 수 있는 유일한 답일 것이다.

누군가 알아주지 않는 인생도
가치가 있을까?

그래도 괜찮아. 내가 알아.
네가 이런 시간을 견뎌 온 걸 내가 다 기억하고 있어.

"그런데 왜 너는 그 모양이야. 네 친구는 그렇게 좋은 데서 일하는데 왜 너는 그 모양이냐고!"

같은 학교, 같은 학과에 다니는 단짝 친구가 대형 방송국에서 인턴으로 일한다는 말을 하자 엄마의 답답함과 분노 섞인 답이 돌아왔다. 당시 대학 졸업을 한 학기 앞두고 각자 경력 쌓기에 돌입했던 나와 친구가 너무나도 다른 상황을 맞은 것에 대한 울분이었다. 신생 온라인 쇼핑몰에서 쥐 발톱만 한 월급(쥐꼬리도 안 됐다)을 받으며 열악한 근무 환경과 악덕 상사를 견뎌야 했던 나와, 이름만 대도 알 만한 기업에서 꽤 만족스러운 인턴 생활을 하는 친구. 그 상황, 그 간극에 대한 울분.

사람을 갈아서 회사를 운영하겠다는 확고한 소신을 가진 상사에 질려 주말 동안 본가로 피신했던 나는 그 말을 듣고 다시 조용히 짐을 쌌다. 눈에서 서러운 물방울이 뭉텅이

째 밀려 나와 투둑투둑 떨어졌다. 붙잡는 엄마를 뒤로하고 기어코 현관문을 닫았을 땐, 이미 내 안의 뭔가가 걷잡을 수 없이 무너지고 있음을 느낄 수 있었다.

그날 장장 열다섯 시간을 내리 울었다. 차가운 자취방에 엎어져 온 얼굴이 다 짓무를 때까지, 성대가 걸레짝이 돼서 아릿하게 저려 올 때까지 울고 울고 또 울었다. 나를 그렇게까지 끌어내린 건 거지 같은 곳에서 거지 같은 대우를 받으며 일해야 하는 상황도, 가장 친한 친구와 그런 방식으로 비교당했다는 사실도 아니었다. 회의감 때문이었다. 고작 그런 소리나 들으려고 이렇게 아등바등 살아왔나 하는 자기 파괴적인 생각과, 부모에게조차 외면당하는 인생이라는 지독한 회의가 나를 못내 견딜 수 없게 만들었다.

결국 새벽까지 진정하지 못한 나는 두 시가 훌쩍 넘은 시간에 언니에게 전화를 걸었다. 왜 이런 소리를 들으면서까지 살아야 하는지 모르겠다고. 엄마에게조차 외면당하고 인정받지 못하는 인생인데 살아서 뭐 하겠냐고. 속에 맺혀 있던 시뻘건 울혈을 마구 토해 냈다.

"엄마가 네 인생을 인정하고 말고는 중요한 게 아냐. 남들이 어떻게 평가하는지가 아니라, 네가 네 인생을 어떻게 생각하는지가 중요한 거야. 다른 사람이 아니라 스스로 네 인생을 인정해 주는 게 중요한 거라고."

한동안 가만 듣고만 있던 언니가 마침내 낮고 조용한 목소리로 말했다. 그를 기점으로 거짓말처럼 내면에서 폭주하던 게 크게 숨을 죽이기 시작했다. 내내 울컥거리며 목울대를 짓뭉갰던 덩어리는 이내 훌쩍이는 웅얼거림으로 바뀌었고, 그렇게 나는 반나절 만에 비로소 사람답게 호흡할 수 있게 됐다.

자신의 인생을 스스로 인정해 주는 게 중요하다고. 그때의 나는 그 말이 정확히 뭘 의미하는지, 어떻게 하면 그리할 수 있는지 몰랐지만, 다만 그 말이 세상에 '정답'이라 칭할 수 있는 몇 안 되는 사실 중 하나라는 것만은 분명하게 알 수 있었다. 휴대폰 너머에서 가만가만 입을 떼는 언니가 어찌할 도리 없이 옳은 말을 한다는 걸 알았기에 그 한없던 새벽에 마침표를 찍을 수 있었다.

그렇게 채 여물지 못한 상태 그대로 마음속에 들어앉은 그 말은 그로부터 2년이 지난 후 다시 수면 위로 떠올랐다.

TV 프로그램 〈슈가맨〉에 혜성처럼 등장한 양준일이 20대의 자신에게 영상 편지를 보내려고 입을 뗀 바로 그때.

"준일아, 네 뜻대로 아무것도 이뤄지지 않았다는 걸 내가 알아. 하지만 걱정하지 마. 모든 것은 완벽하게 이뤄질 수밖에 없어."

많은 사람들에게 울림을 준 건 아마도 끝의 문장이겠지만, 내게 닿아 빛을 틔운 말은 그의 첫 마디였다. 그는 불운에 눌려 번번이 좌절했던 순간, 처절하게 외면당해 그저 묵혀야만 했던 시간을 부정하지 않았다. 누군가의 공감과 위로, 인정이 덧대어지지 않은 과거의 땀방울을 수치스러워하지 않았다. 미화하지도 않았다. 다만 그 작고 볼품없던 시기에 대해 이렇게 시인했다.

내가 알고 있다고. 기억한다고. 아무도 관심 갖지 않고 알아주지 않겠지만, 그 비틀대며 넘어질 듯 걸어온 발자국을 내가 다 안다고.

아무도 알아주지 않아도 내가 안다는 건 어떤 의미일까. 그건 자신이 기특해 보이는 순간, 누군가로부터 인정받았던 반짝이는 경험뿐만 아니라 고통스러워 바닥에 납작 엎드려 지내야 했던 누추한 시간마저 삶의 일부로 받아들인다는 것이다. 인생에서 지우고 싶은 '치부'로 남겨 두는 게 아니라 그 또한 내가 걸어온 길의 한 부분으로서 인정해 주는 것이다. 양준일은 그 지난한 시기를 스스로 인지하고 바라봤기에 지난날의 나처럼 무너지지 않을 수 있었다. 실패의 경험이 늘었을지언정 인생에 오점이 생기지는 않았다. 다시, 삶을 겸허하게 시작할 수 있었다.

2년의 시간 끝에 언니의 말을 마음으로 받아들일 수 있게 된 날 밤, 침대에 누워 내가 지나온 애환을 하나하나 되짚으며 생각했다.

'이때 많이 힘들었지. 열심을 다했지만 결과가 안 좋았어. 땅에 엎어져서 지옥 같은 순간을 견뎠었는데. 아무 의미 없이 아프기만 해서 하루하루가 참 버거웠어. 그래도 괜찮아. 내가 알아. 네가 이런 시간을 견뎌 온 걸 내가 다 기억하고 있어. 누구도 관심 없을 테고 누군가는 한심하다고 생각하겠지만 내가 다 알아줄게.'

눈물이 날 것만 같아 눈을 꼭 감았다. 물론 2년 전과는 다른 의미로. 신기하게도 전혀 비참하거나 슬프지 않았다. 뭐랄까, 미지근한 물에 쇄골까지 몸을 담그고 있는 듯했다.

울렁거리는 것 같기도, 차오르는 것 같기도 했다. 분명 안에서 뭔가 여물고 있었을 테다. 혹은 아물고 있거나.

스스로 자신의 인생을 인정해 준다는 게 어떤 의미인지, 어떤 힘을 가졌는지 이제는 안다. 그렇기에 누군가 내 실패를 무의미한 것으로 치부하거나 질책해도 전처럼 무너지지 않을 것이다. 슬플 순 있겠지만 '이게 다 무슨 소용이냐'며 자기혐오에 빠지지 않을 것이다. 무너지지 않는다. 그 조각 또한 지금 걷고 있는 인생이라는 나선의 한 부분임을 아니까. 언젠가 출구에 다다랐을 때, 그 역시 내가 내디뎠을 발걸음의 한 조각이라는 걸 나는 이제 안다.

아무래도 꿈이 없는 것보다
있는 게 나은 이유

쉽게 이뤄질 것 같지 않은 꿈을 꾸는 건 여전히 슬픈 일이다.

하지만 그건 뭔가가 되고 싶다는,

'이뤄 내고 싶다는' 꿈의 도착 지점에 초점을 맞췄기 때문일 것이다.

'차라리 꿈이 없었으면 좋겠어.'

너는 꿈이 있어 좋겠다는 친구의 말에 속으로 생각했다. 취업 준비를 하던 시절, 친구는 꿈이 없어 방향성이 없다고, 그래서 뭘 준비해야 하고 어디에 지원해야 할지 모르겠다며 나를 부러워했다. 나는 씁쓸한 표정을 지으며 언젠가부터 머릿속에서 똬리를 틀고 있던 문장을 떠올렸다. '설령 그게 이룰 수 없는 꿈이라 해도?' 이룰 수 없는 꿈을 좇는다는 건 생각보다 훨씬 슬픈 일이란다, 친구야.

이전까지 잡지사에서 글을 썼고, 영화제를 전전하며 보도 자료를 썼다. 작가가 되고 싶었다. 내 이름 석 자가 반듯이 적힌 책을 내고, 독자와 소통하며 동료 작가와 협업하는 그런 작가를 꿈꿨다. 그래서 어떻게든 유관 직종을 찾아 바지런히 글을 썼다. 훗날 꿈을 이뤘을 때 자랑스러운 커리어가 될 수 있도록.

하지만 한 해 한 해 시간이 흐를수록, 글과는 무관한 직업으로 생계를 이을수록 마음 한구석에 자리하고 있던 의구심은 부피를 키웠다. 과연 내가 작가가 될 수 있을까? 내 책을 내고 싶다는 사람이 나타나긴 할까? 서른 살 이전에 책을 내기는커녕 평생에 걸쳐 한 권은 낼 수 있을까? 현실은 고작 200명 남짓한 구독자를 보유한, 브런치의 수많은 작가 지망생 중 한 명일 뿐인데.

'이럴 바엔 차라리 꿈이 없었으면 좋겠어. 하고 싶은 거 없이 흰 도화지처럼 깨끗하다면 이렇게 좌절할 일도, 불안해할 일도, 혼자 기대하고 실망하는 일도 없을 텐데.'

그렇게 하루하루 회의 섞인 푸념만 늘어 갔다.

그런데 얼마 전, 그 생각에 균열이 왔다. 친구 H를 만난 날이었다. H는 술잔을 입에 털어 넣으며 속에 있던 고민을 테이블 위로 꺼내 놓았다. H는 일하면서 점점 더 무감해지는 것 같다고, 일은 익숙해졌으나 바라는 것도, 원하는 것도, 이루고 싶은 것도 없이 그저 매일이 무채색으로 흘러가는 것 같다고 했다. 나는 H의 말에 동의하며 생각했다. 어쩌면 이래서 꿈이 없는 것보다 있는 게 낫겠구나. 아니, 확실히 꿈이 있는 쪽이 낫구나.

H의 말대로 회사를 다닐수록 점점 무감해지기 마련이다. 일을 배우며 적응할 시기엔 정신없이 바쁘고 힘에 겨워 아무 생각을 할 수가 없지만, 일이 익숙해질 즈음 매너리즘에 빠지는 것이다. 일상에서 주어지는 모든 자극에 무디게 반응하고, 아무런 감흥 없이 하루하루를 흘려보낸다. 그리 힘든 일도, 좋은 일도, 불안한 일도, 바라는 일도 없이 정해진 시간에 출근해서 주어진 업무를 수행한다. 시간이 흐르면 지친 몸을 이끌고 집으로 돌아와 파김치처럼 침대에 널브러진다. 정해진 시간에 출퇴근하는 하루하루를 반복하면서 우리의 표정은 점점 '무(無)'가 된다. 딱히 슬프지도 기쁘지도 않은, 그저 그렇게 손가락 사이로 빠져나가는 무표정의 시간들.

나 또한 일을 하며 매번 그런 시기를 겪었다. 하지만 그 속에서 조금이라도 내게 주어지는 자극에 기민하게 반응하고 일상 속 크고 작은 감정을 놓치지 않을 수 있었던 이유는 글을 썼기 때문이다. 가족과 친구들, 상사와 회사, 퇴직과 이직, 그리고 나 자신에 대해 꾸준히 생각하고, 생각을 글로 옮기고, 퇴고하는 일련의 과정을 거쳤기에 그날 하루의 기분과 사사로운 감정, 크고 작은 일상의 조각을 그저 흘려 보내지 않을 수 있었다. 계속 뭔가를 바라고 기대하고 기뻐 하고 실망하며 조금씩 앞으로 나아갈 수 있었다. 계속해서 나만의 꿈을 꿨으므로 반복되는 일상에 잠식당하지 않을 수 있었다.

쉽게 이뤄질 것 같지 않은 꿈을 꾸는 건 여전히 슬픈 일 이다. 하지만 그건 뭔가가 되고 싶다는, '이뤄 내고 싶다는' 꿈의 도착 지점에 초점을 맞췄기 때문일 것이다. 사실 우리 는 꿈을 향해 달려가는 과정에서 보다 많은 감정을 느낄 수 있다. 기뻐하고 기대하고 실망하고 좌절하고 한 발짝 성큼 내디뎠다가 다시 발을 물리고, 그러고는 마음을 가다듬고 새로이 출발선에 선다. 다시 꿈을 꾸며 숨을 크게 들이마신 다. 손가락 사이로 드나드는 바람을 감각하며 손가락을 꿈 지럭거린다.

그러니 설령 이룰 수 없다 하더라도 나는 계속 꿈을 꿀 것이다. 혼자 들뜨고 애틋해하면서 익숙한 것에 잠식당하 지 말아야지. 반복되는 일상에서 더 자주 감탄하고 더 많이 슬퍼할 수 있도록. 그러다 보면 언젠가 꿈이 내게로 걸어와 손을 내밀어 줄지도 모른다. 그렇게 나는 나의 꿈을, 당신은 당신의 꿈을.

공무원 한번 준비해 보는 게 어떠니?

나는 내가 "어쩔 수 없이 앞으로 달리게" 될까 봐 무섭다.
더 이상 꿈이나 선택의 문제가 아니라
그 길밖에 남지 않아 걸을 '수밖에' 없게 될까 봐.

"이제 진짜 공무원 준비를 진지하게 생각해 보는 게 어떻겠니."

추석 연휴, 오랜만에 본가로 내려와 배불리 밥을 먹고 뒷정리를 하려는데 엄마가 퍼뜩 입을 뗐다. 덤덤한 어조였으나 끝이 미묘하게 날카로웠다. 약간의 초조함과 신경질이 밴 발화. 순간 미간이 확 구겨졌다. 그에 대한 답은 이미 충분히 전했다 생각했는데 왜 또 원점으로 돌아온 걸까. 짜증과 섭섭함이 우후죽순 마음에 돋아났다.

비단 엄마뿐 아니라 친척, 지인, 엄마 친구 등 나를 어느 정도 '안다고 생각하는' 사람들은 종종 내게 공무원 준비를 권했다. 그도 그럴 것이 성향, 특징, 성격, 강약점, 견딜 수 있는 스트레스의 종류와 인생에서 중요하게 생각하는 것 등 다방면을 고려했을 때 나는 공무원에 꽤 적합한 사람이었다. 스스로도 그걸 인정하기에 공무원 시험 준비에 '취업

플랜 B' 자리를 기꺼이 내줬다. 그럼에도 내가 '공무원'이라는 단어를 쉬이 들이미는 사람들에게 눈살을 찌푸릴 수밖에 없는, '경쟁이 치열하다지만 왠지 너는 될 것 같다'는 식의 무책임한 응원에 몹시 반감이 드는 이유는 이런 생각 때문일 것이다.

'만약 내가 2년 후에도 안 된다면? 2년 동안 준비하다가 떨어지면 그때도 계속할 수 있을까?'

이 질문은 공무원 준비에 대한 나의 가장 큰 두려움이기도 하다.

"2년간 공무원 시험 준비하는 동안 가장 힘들었던 건 다른 사람들은 취업하든 뭘 하든 다들 각자의 길을 찾아 떠나고 앞으로 나아가는데, 나만 그 자리에 멈춰 있다는 느낌이었어. 다들 1인분의 몫을 하면서 살아가잖아. 근데 나만, 내 시간만 하염없이 고여 있다는 그 느낌이 사람을 미치게 하더라고. 다른 건 다 견뎌도 그건 정말 못 참겠더라."

"수능이 아니잖아. 수능은 내가 잘 봤든 못 봤든 끝이 나고, 점수에 따라 갈 수 있는 대학이 있잖아. 근데 공무원 시험은 합격 아니면 불합격이야. 내가 몇 점을 받든, 몇 문제

차이로 떨어졌든 그냥 불합격이라고. '언제까지 하면 된다'
는 기약이라도 있으면 참고 하겠는데, 이건 뭐……. 그래서
나도 이번까지만 하고 안 되면 그만두려고. 못 할 짓인 것
같아."

대학생 때, 졸업을 한 학기 앞둔 무렵에 만났던 A와 B의
말을 아직까지도 기억한다. 과 동기였던 A는 2년간 공무원
시험을 준비했고, 취업 준비 모임에서 만난 B는 당시 2년
째 공무원 시험을 준비 중이었다. A는 휴학을 하고 공부하
다가 결국 다시 학교로 돌아왔고, 딱 올해까지만 해 볼 거
라던 B는 다음 해에 '이번이 진짜 정말 마지막'이라며 삼수
를 준비했다. 얼마의 시간이 흐른 후 B가 시험에서 떨어졌
다는 소식이 들려왔고, 몇 달 후엔 임신했다는 연락을 받았
다. 신혼이었던 B를 마지막으로 만났을 때만 해도 "공무원
시험과는 별개로 아직 아이 생각은 없다"고 했었는데.

차라리 내가 무대뽀였으면 좋겠다. 2년 후에도 무턱대고
"모르겠고, 일단 GO"라고 외칠 수 있는 사람이었으면 좋겠
다. 몇 년을 준비하든 언젠가 꼭 합격할 거라고 믿으며 우직
하게 걸어갈 수 있는 사람이었으면. 하지만 나는 내가 그럴

수 없다는 걸 잘 안다. 1년 만에 합격할 정도로 영특한 인재가 아니라는 것도, 첫 실패 후에는 씩씩하게 다시 일어설 수 있지만 두 번째 실패 앞에서는 엉망이 돼서 휘청거릴 것도 너무 잘 안다. 그러니 만일 그때 더 이상 나아갈 수 없다는 생각이 든다면, 2년간 전력을 다하는 동안 심신은 망가질 대로 망가지고 자괴감과 박탈감에 짓눌려 한 발자국 떼기도 무섭다고 느껴진다면,

그때는 어떻게 해야 할까. 나는 무엇을 할 수 있을까.

내 나이 스물일곱. 내년부터 준비한다 해도 2년 후엔 서른인데 돌아올 길이 남아 있을까. 서른 살 여자 신입이라니. 내가 생각해도 터무니가 없다. 취업 시장은 지금도 발 디딜 곳 하나 없이 삭막한데, 하물며 실무에 아무 쓸데없는 공무원 공부를 2년 동안 하다 온 사람을 어느 기업에서 넙죽 받아 줄까.

대학 생활과 대외 활동, 인턴, 몇 번의 계약직을 거쳐 한 해 한 해 밟아 오는 동안 '나이가 깡패'라는 사실을 절감했다. 몸소 경험할 필요 없이 당장 취업 커뮤니티만 들어가도

'스물여덟 살 여자인데 신입으로 늦었을까요?'와 같은 글이 수두룩하고, 서류에서 한 번도 떨어진 적 없다는 사람들이 나이 앞자리가 3으로 바뀌는 순간 서류 광탈의 굴레에 처박히게 됐다는 사례도 쉽게 찾을 수 있다. 기업이 바라는 '신입의 적정 나이'라는 게 존재하고, 그 기준을 넘어가면 우선적으로 거른다는 사실은 이미 취업 시장에서 공공연한 비밀이므로.

*

한수희 작가의 에세이 《우리는 나선으로 걷는다》에는 영화 〈인사이드 르윈〉에 관한 글이 나온다. 주인공 르윈은 무명의 포크 가수로, 낡은 기타를 메고 여기저기 떠돌아다니며 음울한 노래를 부른다. 르윈은 어느 정도의 재능을 가졌고 노력도 한다. 하지만 운이랄지 결정적 기회랄지, '성공'에 반드시 필요한 외재적인 것이 미묘하게 뒤틀리며 그를 비껴 간다. 재능, 노력, 운. 성공으로 가는 삼박자가 번번이 어긋나는 동안 그는 아무것도 되지 못한 채로 나이 들어 간다. 이제 기타를 놓을 수도, 씩씩하게 젊어지고 갈 수도 없게 됐다.

작가는 말한다. 그가 선택의 갈림길에서 머뭇거리는 사이에 "그가 살 수도 있었을 인생은 지나가 버렸"다고. 그래서 그는 "어쩔 수 없이 앞으로 달려야 한다"고, "그의 앞날은 막막하기만 하다"고.

나는 내가 "어쩔 수 없이 앞으로 달리게" 될까 봐 무섭다. 주저하는 사이 내가 '살 수도 있었을 인생'을 스스로 저버릴까 두렵다. 더 이상 꿈이나 선택의 문제가 아니라 그 길밖에 남지 않아 걸을 '수밖에' 없게 될까 봐.

"2년 뒤에도 바라는 결과에 도달하지 못한다면, 나는 계속할 수 있을까?"

다시 처음의 질문으로 돌아가 본다. 르윈처럼 어쩔 수 없이 앞으로 달리든 아니면 멈춰 서든, 이것만은 확실해 보인다. 어쨌거나 지금보다 상황은 훨씬 더 절망적일 것이고 그럼에도 내 삶은 계속돼야 한다는 것. 그때의 나는 지금보다 쇠약해진 심신으로 더욱 고달픈 현실을 짊어져야 할 것이다. 더 각박해진 조건과 환경 속에서 부담감에 짓눌려 허우적거릴 것이다. 그리고 누구도, 심지어 가족조차도 이 짐을 대신 져 줄 순 없다. 단 1그램의 무게도 덜어 줄 수 없다.

사람들은 한 개인이 감당하기 힘든 리스크가 따르는 문제에 대해, 본인을 제외한 어떤 누구도 감히 책임이나 도움을 제공할 수 없는 문제에 대해 종종 스스럼없이 입을 뗀다. 장래와 생계, 결혼, 출산, 임신 중지와 같이 한 사람의 생애가 걸린 문제에 자신의 신념이나 정의, 선과 악의 기준, 옳고 그름의 잣대를 소리 높여 들이민다. 그러고는 너무도 쉽게 발을 뺀다. 요청한 적 없는 동정을 담뿍 주며 있는 힘껏 등을 떠밀어 놓고선 종래엔 "이건 네가 선택했으니 어쩔 수 없다"는 식으로 나오며 자신이 뱉은 말에 대해 잊어버린다. 다시 아무렇지 않게 자신의 삶을 살아간다. 상대는 돌이킬 수 없는 일로 인해 무너져 가고 있는데. 참 무책임하지. 뻔뻔스럽기도 하지.

그러므로 나는 부디 무엇 하나 쉽지 않은 세상에서, 무엇에도 쉽게 입을 떼지 않았으면 한다. 함부로 판단하고 재단해서 속 편히 권유하지 않길 바란다. 각박하고 자비 없는 세상에서 서로가 서로에게 '타인'으로 남지 않는 방법은 상대가 도움을 요청했을 때 부드럽게 입을 열고 기꺼이 손을 맞잡는 것이라고 믿는다.

나와 당신이 그런 사람이 됐으면 좋겠다. 글을 쓰는 동안, 읽는 동안 우리가 그런 사람에 좀 더 가까워지기를.

이게 결코 끝은 아니다

하루가 1년 같고 순간이 영원처럼 느껴져 도저히 끝날 것 같지 않지만
그럼에도 분명 끝은 있다.

2016년 봄, 호기롭게 휴학 신청을 하고 다이어리에 여행, 독서, 글쓰기 등이 포함된 '실행 목록'을 빼곡히 적었다. 앞으로의 1년은 대학 생활 중 가장 행복한 한 해가 될 거라고 확신했다. 그때는 정말로 그렇게 믿었다. 하지만 한 치 앞도 모르는 게 사람 일이라고, 다이어리를 가득 채웠던 계획은 머지않아 쓰레기통에 들어가게 됐다. 휴학과 동시에 지난 3년간 과제와 아르바이트, 학점 관리로 혹사당한 신체가 본격적으로 이상을 호소하기 시작했다.

그해 여름, 더 떨어질 곳조차 없다고 생각했던 내 인생은 바닥을 뚫고 지하까지 내려갔다. 면역 체계가 완전히 무너졌고 호르몬 분비에도 이상이 생겼다. 팔다리가 퉁퉁 붓고 아려서 20분 이상 서 있기가 힘들었다. 한 달 사이에 체중은 6킬로그램 이상 불어났으며, 얼굴엔 하얀 고름의 수포가 덕지덕지 일었다.

호르몬 불균형이 야기한 우울과 무력감은 사람들이 말하는 그놈의 '의지'와 '긍정'도 마비시켰다. 병원을 다니며 치료받았지만 한번 무너진 건강은 쉽사리 회복되지 않았다. 장기간 이어지는 불행에 우울증과 대인 기피증, 불면증 같은 달갑지 않은 게 줄줄이 따라붙었다. 내 인생에서 가장 지독하고 혹독한 여름이었다.

엄마의 친구를 비롯한 많은 어른들이 나를 찾아와 한마디씩 건넸다. 대부분 자신이 겪었던 더 큰 불행에 대해 들려주면서 눈물의 '감동 실화 극복 스토리'를 늘어놓았다.

여름의 절정기에 찾아온 그 손님도 별반 다르지 않았다. 쏟아지는 불행 배틀을 한 귀로 듣고 한 귀로 흘리며 상투적으로 고개를 끄덕였다. 영웅담이라면 신물이 났다. 드디어 가야 할 때가 된 그는 가방을 챙기며 마지막으로 한마디 덧붙였다.

"어쨌든, 이게 결코 끝은 아니란다."

자리에서 흘리듯 던진 그 한마디가 갑자기 귀에 걸렸다. 어쩐지 그 한마디만은, 마음에 남았다.

치료를 받은 지 6개월이 지난 시점부터 내 몸은 아주 서서히 회복됐다. 이듬해 봄, 아직 불안정하지만 나는 학교로 돌아가기로 했다. 여전히 병원에 다니며 학교생활을 했지만 많은 게 변했다. 누군가와 눈도 제대로 못 마주쳤던 내가 다시 사람들과 대화를 나누고 밥을 먹었다. 끔찍한 두통으로 책조차 읽기 힘들었는데 큰 어려움 없이 전공 수업을 들었다. 다시 뭔가에 집중할 수 있고 건강 외의 다른 것으로 머릿속을 채울 수 있다는 사실이 신기했다.

'행복하다'라는 말이 마음속을 스쳤을 땐 스스로에게 반문했다. '행복? 방금 행복하다고 한 거야?' 1년 반 만에 머릿속에서 튀어나온 단어에 조금 멍해졌다. 내가 그런 생각을 하다니. 다시, 행복하다고 느낄 수 있다니.

이게 결코 끝이 아니라던 그 사람의 말이 맞았다. 여름날 겪었던 그 지옥은 내 삶의 마지막 모습이 아니었다. 영원히 그곳에 멈춰 있을 것 같았던 내 시계는 1년 반이라는 시간 끝에 다시 움직였다.

일전에 SNS에서 "밟아도 밟아도 죽지만 말라. 또다시 꽃피는 봄이 오리라"라는 문장을 봤다. 누구에게나 내일은 해가 뜨지 않았으면 싶은 형벌과도 같은 시기가 있다. 하루가 1년 같고 순간이 영원처럼 느껴져 도저히 끝날 것 같지 않지만 그럼에도 분명 끝은 있다. 내 인생이 기어코 바닥을 뚫고 지하까지 들어갔던 경험을 통해 말할 수 있다. 스스로를 포기하지만 않는다면 지금의 지옥이 절대 인생의 마지막 모습이 되지는 않을 것이다. 되지 않는다.

그러니 손가락 하나 까딱할 힘조차 남지 않아 바닥에 납작 엎드려 있을지언정 죽지만 말라. 또다시 꽃피는 봄이 반드시, 반드시 올 테니까.

2장

이 밤을

씩씩하게 건너가자

바닐라라테 같은 인생은
평생 오지 않아

인생은 결국 지옥문을 끝없이 여는 과정이 맞았다.

여전히 무섭지만 너무 슬프지 않게, 다시 지옥문을 열 준비를 해야지.

♡ ○ ◁

"이건 내 생각인데, 난 인생이 엄청 시시하다고 생각하거든? 태어날 때부터 불행이 시작돼서 그 불행이 안 끊기고 주욱 이어지는 기분. 그런데 행복은 아주 가끔, 요만큼, 드문드문 있을까 말까?"

'왜 변변찮은 형편에도 오갈 곳 없는 미성년자 아이들과 함께 모여 사느냐. 그것도 무보수, 무대가로'라는 질문에 영화 〈꿈의 제인〉의 주인공 제인은 평소와 같은 재기발랄하고 고고한 목소리로 말한다. 어쩜 이다지도 나와 같은 생각을 할 수 있을까. 키보드의 스페이스 바를 눌러 잠시 영상을 멈췄다.

전 직장에서 일하며 우울증이 왔다. 단순히 일과 삶에 치여 하루하루를 힘겹게 붙잡아야 하는 나날이 이어졌기 때문만은 아니었다. 이제껏 계약직을 전전했던 나는 이런 생각을 멈출 수 없었다. '결국 일을 하든 하지 않든 지옥이구나. 우리는 평생 그저 또 다른 결의 지옥문을 열며 사는 것뿐이구나.' 덧붙여 인생은 다 먹고사는 것의 문제라는 생각도 들었다. 여태 초중고, 대학교를 거치면서 우리가 학습한 것은 다 먹고사는 일과 맞닿아 있으며, 태어난 이상 누구도 이 굴레에서 벗어날 수가 없구나. 나 또한 죽을 때까지 이 무거운 짐을 등에 짊어지고 살아야겠지.

자신이 없었다. 출생과 함께 부과되는 이 짐이 나한테는 끔찍이도 무겁게 느껴졌다. 톤만 다른, 그러나 결국 같은 계열의 색채 안에서 맴도는 불안함과 불안정함이 20대에도, 30대에도, 40대에도 계속해서 이어질 거라 생각하니 남아 있는 생에 대한 회의감이 몰려왔다. 문득 폴란드에서 처음 유치원에 간 날(나는 세 살부터 여덟 살까지 폴란드에서 살았다), 엄마가 나를 이 파란 눈의 아이들 속에 홀로 남겨 두고 떠나지는 않을까 오들오들 떨며 느꼈던 불안과 공포가 떠올랐다.

바닐라라테 같은 인생을 살고 싶다고 했다. 대학 마지막 학기에 들었던 발표 수업의 마지막 날, 자신이 바라는 인생에 대해 발표하는 자리에서 나는 그렇게 말했다.

"여러분, 사실 바닐라라테를 '잘' 만들기가 얼마나 어려운지 아시나요? 커피와 우유, 바닐라시럽이 적당한 비율로 균형을 이룰 때 비로소 맛있는 바닐라라테가 완성되는데요. 재료 하나라도 과하거나 모자라게 넣으면 밍숭맹숭한 우유맛만 나거나, 커피의 쓴맛만 남거나, 또는 한 잔을 다 먹기 부담스러울 정도로 달아지거나, 아니면 그냥 단맛 없는 라테가 되기 십상이에요. 그래서 저는 맛있는, 잘 만들어진 바닐라라테처럼 어느 한쪽으로 치우치지 않는 삶을 살고 싶어요. 일과 일상, 타인과의 관계와 나 자신, 삶을 이루는 각 요소들이 적당히 균형을 이뤘으면 좋겠어요. 어느 한 부분이 모자라거나 반대로 흘러넘치면 행복과는 거리가 멀어지더라고요."

많은 걸 바라지 않는다고 생각했다. 남들이 소위 말하는 성공, 타인의 존경과 인정, 모두에게 사랑받는 인생 같은 건 감히 꿈꿔 본 적 없다. 그런 건 내게 판타지와 마찬가지였다. 그런데 열심히 노력하면 꼭 도달할 수 있을 거라고 믿었던 장래의 모습이 이제는 영원히 닿을 수 없는 섬처럼 느껴졌다. 적당히 행복하고 적당히 슬프고 적당히 바쁘고 적당히 여유를 가지고 스스로 돌이켜 보는. 가끔 불안하고 넘어지겠지만 이 정도면 대체로 안정적이라고 선뜻 말할 수있는.

"물론 이 외로운 삶은 쉽게 바뀌지 않겠죠. 불행도 함께 영원히 지속되겠죠. 뭐, 그래도 괜찮아요. 오늘처럼 이렇게 여러분과 즐거운 날도 있으니까. 어쩌다 이렇게 한번 행복하면 됐죠. 그럼 된 거예요."

지금까지 이어진, 그리고 앞으로 이어질 삶의 모습과 바라 왔던 종착지 사이 수백 마일의 간극을 채우고 있던 회의감은 우습게도 영화의 마지막 장면에서 한껏 부피를 줄이기 시작했다. 저 장면을 마주하는 순간 어떤 큰 오류에서 빠져나온 듯했다. 어? 그러네. 정말로 인생은 저게 다네. 착시그림에서 나머지 모습을 찾기 위해 눈알이 빠져라 바라보고 있던 내게 누군가 다가와 "정신 차려, 이 사람아. 이건 착시 그림이 아니고 그냥 그림이야. 자네가 본 게 전부라고!" 하며 알려 준 느낌이었다. 그러니까 불행은 죽을 때까지 죽이어지고, 행복은 아주 가끔 요만큼씩 드문드문 있을까 말까 하지만 "어쩌다 한번 행복하면 된 거예요" 그게 인생의 전부라고.

바닐라라테 같은 삶은 닿을 수 없는 섬 같은 게 아니었다. 애초에 그런 인생은 존재하지 않았다. 사람으로 태어난 이상 행복과 불행은 균형을 이룰 수 없다. 행복과 불행이 어떻게 50 대 50일 수 있겠어. 평일은 월화수목금 5일인데 주말은 이틀인 것처럼, 하루 24시간 중 평균 수면 시간은 일고여덟 시간이고 나머지 시간에는 끊임없이 뇌를 돌려야 하는 것처럼, 아무리 잘 쳐 줘도 불행 80, 행복 20 정도가 인생의 디폴트값이니까. 이제껏 소박한 바람이라고 믿어 온 '대체적으로 안정된 삶'은 상상 속 유니콘과도 같은 것이었다. 성공한 삶도, 타인의 존경과 인정을 받는 것도 모두 가능한 일이지만 그 속에 안정과 균형은 없을 것이다. 어느 작가님의 말처럼 "아무 걱정 없이 평화로운 날은 영원히 오지 않는다."

인생은 결국 지옥문을 끝없이 여는 과정이 맞았다. 다만 그 고통에 찬 문짝만 바라보느라 간과한 게 있었다. 불행과 한 수평선상에 있는 나머지 20퍼센트의 행복. 그리고 '그렇게 어쩌다 한번 행복하면 됐다'는 사실. 인생 그래프를 작성할 때 불행했던 일은 아득바득 기억해 최하점에 콕콕 박아 뒀으면서, 기말고사를 끝내고 가족과 함께 갔던 제주도 여행이나 직장에서 프로젝트를 매듭지은 후 처음으로 맞은 게으르고 사랑스러운 주말 같은 건 떠올리지 않았다. 실은 그 20퍼센트의 행복이 80퍼센트의 불행한 삶을 떠받치고 있는 줄도 모르고.

마음이 한결 가볍다. 언젠가는 균형 잡힌 안정된 나날이 올 거라는 생각에서 벗어나, 밋밋하고 달갑지 않은 불행이 끝없이 이어지고 행복은 아주 드문드문 있는 게 인생의 전부임을 받아들이고 나니 어떤 마음가짐으로 살아야 할지 얼추 방향이 잡힌다.

일단, '어쩌다 한번 행복하면 된 것'이라는 마인드를 장착해야겠다. 바닐라라테 같은 인생은 없다는 걸 알게 돼서인지 진심으로 그거면 됐다고 생각한다. 그리고 앞으로는 볶음밥 속 소금만큼 존재하는 행복의 기회를 최선을 다해 수집할 것이다. 좋아하는 사람들과 함께하는 순간을 사진으로 기억하고 오감으로 감상하면서. 그날 밤에도 어김없이 불안과 두려움과 슬픔이 이부자리에 스멀스멀 올라오겠지만 '오늘은 완벽하게 행복했다. 조만간 또 완벽한 날을 만들어야지' 기약하면서. 여전히 무섭지만 너무 슬프지 않게, 다시 지옥문을 열 준비를 해야지.

때로는 목적을 외면하면서
걸어야 하는 이유

나는 여전히 '되고' 싶지만, 일단은 '하는' 것에 초점을 맞추기로 했다.

지치지 않고 좋아하는 일을 오래오래 하기 위해서.

비가 억수같이 퍼붓는 날이었다. 빗줄기가 거세게 땅에
부딪쳐 아스팔트 전체가 지글지글 끓는 듯한 그런 날. 나는
한 손에 우산을 쥐고 등에 가방을 멘 채 부지런히 목적지를
향해 가고 있었다. 그런데 아무리 걷고 걸어도 목적지가 가
까워지기는커녕 점점 멀어지는 것 같았다. 신발과 바짓자
락은 이미 물에 젖은 지 오래고, 우산을 든 손에서는 점점
힘이 빠져나갔다. 젠장, 왜 택시를 안 탔지. 스스로의 어리
석음을 한탄하며 눈을 내리깔아 바닥을 봤다. 앞을 바라볼
힘도 없었다. 그저 오른발, 왼발이 나아가는 모습에만 집중
한 채 생각을 비우고 묵묵히 걸음을 옮길 뿐이었다.

그렇게 한참을 걷다가 고개를 들었는데 어느새 목적지가
바로 코앞에 있었다. Yes! 이 고행이 끝난다는 생각에 쾌재
를 불렀다. 동시에 깨달았다. 때로는 목적을 외면한 채 걸
어야 할 필요가 있겠구나.

누군가는 오직 목표를 바라보며 달리라고 말한다. 그런데 매 순간 목표를 의식하며 달린다는 건 곧 끊임없이 내 현재 상태를 자각하는 일임을 알까. 내가 바라는 곳에 초점을 맞추면 그곳에 닿기 위해 현재 서 있는 지점이 어디쯤인지 항상 가늠해야 하니까. 그러다 보면 발생하는 몇 가지 부작용이 있는데 대표적인 게 바로 '비관'이다.

내가 바라는 곳은 저 멀리 있는데 왜 나는 아직도 이것밖에 안 될까. 분명 이렇게 열심히 걸었으면 이제 목적지에 도달할 만도 한데, 노력에 대한 보상을 받을 만도 한데 왜 나는 아직도 이곳에 있을까. 이것밖에 못 할까. 분명 한 걸음 한 걸음 나아가고 있음에도 계속 지지부진하게 제자리를 맴도는 것만 같고, 그런 생각은 곧 좌절과 자괴로 이어지기 쉽다. 이상과 현실 사이의 괴리가 커질수록 스스로를 미워하게 되니까 말이다. 지금 내 상태도, 나라는 사람 자체도 다 마음에 들지 않게 되는 것이다.

그러다 보면 스스로의 능력과 선택에 의심을 품는 경지까지 간다. 과거의 내가 선택한 길이 과연 옳았을까. 어쩌면 나는 한 포기의 재능도 없는 게 아닐까. 지금이라도 그만두고 다른 길을 찾아볼까. 지금껏 걸어온 길을 회의와 번

민의 눈빛으로 돌아보게 된다. 그리고 이 모든 건 결국 우리를 빨리 지치게 한다. 이 경기가 장기전임을 망각하고 당장 눈에 보이는 성과나 결과가 없는 것 같아 두 발을 멈추고 싶어진다. 목적지가 너무도 멀고 높게 느껴져 더 이상 발을 뗄 엄두가 안 나는 것이다. 마치 그날 빗속에서 내가 그랬던 것처럼 분명 쉬지 않고 걷는데 어쩐지 목적지가 점점 멀어지는 듯한 느낌을 받는 것이다.

그래서 때로는 목적지를 부러 외면하고 자신의 두 발만 쳐다보며 걸을 필요가 있다. 뭔가 '되는' 것에 집중하는 게 아니라, 다만 '하는' 행위에 초점을 맞추는 것. 오른발, 왼발이 나아가는 모습을 보며 '걷는 행위' 그 자체에 집중하는 것이다.

내 경우엔 브런치가 그랬다. 처음 브런치를 시작할 때 구독자 300명, 글 100편을 목표로 했다. 하지만 아무리 열심히 글을 쓰고 한 편 한 편 최선의 정성을 들여도 구독자가 30명 언저리에서 늘지 않을 때가 있었다. 포기하고 싶었다. 아무도 읽지 않을 텐데 왜 이렇게까지 열심일까. 좌절과 회의와 번민이 물밀 듯 머리와 마음에 들어찼다. 나는 아무 재능이 없는 그저 그런 시시한 사람인데 잘못된 선택으로 귀한 시간과 에너지를 허비하는 건 아닌지 미래의 나에게 더없이 미안했다. 과거의 내가 이렇게 한심해서 아무 결과와 성과도 없는 일에 목을 맨다고, 그래서 미래의 나에게 안겨 줄 수 있는 건 아무것도 없을 것만 같았다.

하지만 글을 쓰는 건 포기할 수 없는 내 정체성의 일부였고, 작가가 되는 건 도저히 버릴 수 없는 간절하고 오랜 꿈이었다. 그래서 '구독자'와 '좋아요' 같은 수치에 신경 쓰는 것을 그만두기로 했다. 오직 정해진 시간에 글을 쓰고, 일주일에 한 편씩 글을 발행하는 일에만 초점을 맞췄다. 반응이 있든 없든, 보답을 받든 안 받든 정해진 시간과 날짜에 글을 발행했다. 그러기 위해 매일 아침 일찍 일어나 출근하기 전 주어진 시간에 그저 쓸 뿐이었다. 그렇게 목표가 아닌 '쓰는 행위' 자체에만 집중한 채 묵묵히 걸었다.

그런데 어느 순간 고개를 들어 보니 벌써 목표치의 반을 달성해 있었다. 발행한 글은 70편이 넘었고 구독자 수도 200명가량이 됐다. 내 글을 책으로 내고 싶다는 사람들이 나타났고 그중 한 곳과 출간 계약을 했다. 올해가 가기 전에 내 첫 책이 나온다(그게 바로 이 책이다). 오른발, 왼발이 나아가는 모양에만 집중한 채 계속 뚜벅뚜벅 걸었더니 벌써 여기까지 온 것이다. 역시 멈추지 않길 잘했다.

'되다'와 '하다'를 혼동하지 않으면 70점은 문제가 되지 않는 거였다. 그러니 좋아하는 일 앞에서 우리가 물어야 하는 건 성공 여부가 아닐지 모른다. 되고 싶어서인가, 아니면 하고 싶어서인가 하는 것. 우리를 지치게 하는 것은 되려는 욕심이지, 좋아하는 일 자체가 아니기 때문이다.

- 김신지, 《평일도 인생이니까》(알에이치코리아, 2020)

나는 여전히 '되고' 싶지만, 일단은 '하는' 것에 초점을 맞추기로 했다. 지치지 않고 좋아하는 일을 오래오래 하기 위해서. "우리를 지치게 하는 것은 되려는 욕심이지, 좋아하는 일 자체가 아니"니까.

당신, 좀 그러고 있어도 괜찮아요

아무것도 하지 않으면 아무 일도 일어나지 않는다고들 하지만,
지금의 내 세계가 딱 그렇지만,
아무것도 하지 않아도, 그래서 아무 일도 일어나지 않아도 괜찮다고.

우울증으로 정신의학과를 다니고 있다. 처음 방문한 심리 상담 센터에서 '우울증 고위험군'으로 진단받아 병원 약물 치료와 상담을 동반할 것을 권유받았다. 병원을 처음 방문했을 때 의사 선생님은 내 상태를 살피며 몇 가지 질문을 던졌고, 나는 떠듬떠듬 답했다. 10분가량의 대화가 끝날 즈음 선생님은 처음이니까 약한 약을 처방해 주겠다고, 너무 약해서 효과를 잘 느끼지 못할 수도 있으나 일단 먹어 보고 경과를 살피자고 말했다. 과연 선생님의 말이 맞았다. 약의 효과는 미미했다. 다만 이전엔 하루 온종일 우울하고 무기력했다면, 약을 먹은 후부터는 하루 중 기분이 가만가만한 순간이 한 번쯤은 있었다.

두 번째 방문 땐 약물 수치를 좀 더 높였다. 그러자 효과가 눈에 띄게 나타났다. 가장 좋았던 점은 수면 장애가 많이 개선된 것. 우울증과 함께 불면증에 시달리던 터라 침대에 누우면 불안과 우울, 환멸과 분노, 슬픔이 겹쳐 자꾸만 잠을 밀어냈다. 그런데 자기 전 약을 먹으니 정신은 몽롱하고 육체는 말랑해져서 30분 이내로 잠들 수 있었다. 깨어 있는 동안에도 부정적인 생각과 우울감이 훨씬 줄어들었다.

그런데 아차, 내가 너무 낙관한 걸까. 우울의 동반자인 무기력은 '흥, 그 정도로는 어림도 없지' 하고 비웃듯 좀처럼 잡히지 않았다. 내겐 '현실도피식 잠자기병'(내가 이름 붙였다)이 있는데 말 그대로 현실에서 도망가고 싶을 때, 내일을 마주하기 싫을 때 잠을 잔다. 아주 길게, 마치 죽은 듯이. 이번에는 꼬박 이틀을 먹지도, 마시지도 않고 잠만 잤다. 밀려오는 연락에 답도 하지 않았다. 아무것도 하기 싫었다. 책도, 영화도, 유튜브도, 사람도 다 싫었다. 그렇게 부유하는 미세먼지처럼 어영부영 시간을 흘날려 보내고서 다시 병원 앞에 섰다.

선생님 앞에 앉아 그동안의 상태를 미주알고주알 말했다. 우울감과 부정적인 생각은 확실히 줄었고 밤에도 훨씬 편히 잠든다, 하지만 현실도피식으로 계속 잠만 잔다, 너무 무기력하다, 그저 눈을 감고 침대에 누워 '아무 일도 일어나지 않았으면' 하고 바라다가, 또 그런 내 모습이 못 견디게 싫고 한심하고 불안하고……. 내내 시선을 아래로 내린 채 말을 이어 가던, 아니, 말을 잇지 못하는 내게 선생님은 말했다.

"나는 예란 씨가 좀 그랬으면 좋겠어."

침울한 속눈썹에 눌려 있던 눈동자가 순간 번쩍 들어 올려졌다. 선생님의 눈을 바라봤다. 선생님도 내 눈을 보며 말을 이었다.

"예란 씨는 좀 그래도 된다고 생각해요. 팔다리가 부러진 사람한테는 먹고 자고 가만히 누워 있으라고만 하잖아. 그런데 마음이 아픈 사람한테는 사지 멀쩡한데 왜 집에 누워만 있느냐고, 밖에도 나가고 운동도 하라고 그러잖아. 그런데 마음도 마찬가지예요. 마음도 다쳤으면 치료해야 하고, 그 과정에서 아무것도 안 하고 그냥 가만히 있어도 되는 거예요. 예란 씨가 밖에서 씩씩하게 웃으면서 잘 지낼 수 있었으면 여기 왔겠어? 특히 예란 씨는 항상 긴장을 하고 있으니까 좀 그렇게 지내도 돼."

원래 먹던 것에서 한 알이 추가된 약 봉투를 들고 집으로 돌아오는 내내 그 말을 곱씹었다. 아무것도 하지 않으면 아무 일도 일어나지 않는다고들 하지만, 지금의 내 세계가 딱 그렇지만, 선생님은 그 세계도 괜찮다고 했다. 아무것도 하지 않아도, 그래서 아무 일도 일어나지 않아도 괜찮다고. 그래도 된다고.

일전에 침대에 누워 방 창가 쪽에 위치한 책상을 바라보며 이런 생각을 했다. 두 걸음만 떼면 저기 닿을 수 있는데 왜 그러지 않을까. 왜 저기 앉아 책을 읽든 노트북을 켜든 뭐라도 하지 않는 건지. 그런 내가 너무 한심해서 스스로를 질책했다. 그런데 실은 가지 않은 게 아니라 못 가는 것이었다. 겨우 그 두 걸음이 나에겐 너무 벅차서, 거기까지 닿을 마음의 에너지가 남아 있지 않아서 그런 것이었다.

그러니까 그래도 된다고. 그래도 괜찮다고.

병원을 방문한 다음 날, 도서관에 가서 브런치에 올릴 글을 마무리 지었다. 그다음 날은 또 꼼짝없이 온종일 잤다. 그다음 날은 도서관에 가기 위해 씻고 옷을 갈아입었다. 나갈 채비를 다 마치고선 다시 침대에 누워 잤다. 너무 졸렸다. 한참을 자고 일어나 눈을 뜨니 오후 네 시였다. '아, 오늘 하루는 공쳤네' 생각하다가 느릿느릿 일어나 마트에 가 생수와 함께 좀처럼 먹지 않는 아이스크림도 하나 사서는 집으로 돌아왔다.

마음의 에너지가 왔다 갔다 하나 보다. 있었다가 없었다가, 조금 있었다가 거의 없었다가. 그래도 기분이 썩 나쁘지 않다. 오히려 한결 좋고 편하다. 이번에 새로 추가된 알약이 제 역할을 톡톡히 해내서일지도 모르지만, 그 때문만은 아니라는 걸 안다. 온종일 잠만 자도, 나갈 채비를 다 하고서 다시 침대에 누워도, 하루 종일 한 일이라곤 30분가량 책을 읽고 스트레칭한 게 다라고 해도 우울하거나 불안하지 않다.

좀 쓰러져 있어도 괜찮다는 걸 알았으니까. '쉬는' 게 아니라 그저 바닥에 힘없이 쓰러져 있어도 된다고, 스스로도 진심으로 그렇게 생각하니까. 약이든 상담이든 시간이든 충분한 잠이든 사랑하는 사람과의 만남이든, 황폐해진 마음에 차곡차곡 양질의 양분을 줘서 다시 에너지가 자라날 때까지는 좀 그래도 된다고, 그 후에 다시 일어서면 된다고 생각하니까.

그러니 나 자신에게, 힘든 시기를 견디고 있는 주위 사람들에게, 그리고 이 글을 읽는 당신에게 다시 한 번 말해 주고 싶다.

　　우리, 스스로에게 너무 야박하게 굴지 말아요.

　　당신, 좀 그러고 있어도 괜찮아요.

　　분명, 다시 괜찮아질 거예요.

괴물이 되지 않으려면

시간이 있을 때 좋아하는 일을 하는 게 아니라,
좋아하는 일을 하기 위해 바쁜 와중에도 시간을 내는 것이다.

사고 쳤다. 사고를.

사람을 쳤다. 자전거로, 인도에서, 그것도 초등학생 아이를.

아빠 뒤에 가려져 있다가 그가 옆으로 비켜서면서 갑자기 아이가 시야에 확 나타났고, 순간 속도 조절을 못 해 아이를 그대로 들이받고 말았다. 아이는 뒤로 넘어지며 나동그라졌고, 아이의 엄마와 아빠가 비명을 지르며 아이의 상태를 살폈다. 그런데 나는 그 모든 일련의 과정이 일어나는 동안 그냥 멀뚱히 아이를 내려다보고만 있었다.

아이가 넘어졌을 때도, 엄마와 아빠가 깜짝 놀라 아이를 안아 올릴 때도, 어디가 아프냐며 아이의 다리를 호들갑스럽게 만져 볼 때까지도 그저 아무 말 없이, 가만히 눈썹을 찌푸린 채 바라만 봤다. 결국 아이의 엄마가 뭘 그렇게 가만히 있냐고 고래고래 소리를 지른 뒤에야 죄송하다고 사과하고는 뒤늦게 아이의 상태를 살폈다. 이후 병원에 가 진료를 받고 합의금과 진료비에 대한 논의를 끝내고 나서도 한동안 멍한 상태로 있었다. 한차례 폭풍이 지나가고 난 것처럼 온몸에 힘이 빠졌고 머리가 깨질 듯 지끈거렸다. 아무 생각도 하기 싫었다. 그렇지만 빠르게 퍼지는 두통 속에서도 강한 의문 하나가 들었다.

나는 왜 가만히 있었을까. 아이의 엄마 말대로 응당 사람이라면 곧바로 아이의 상태를 살폈어야 하는 것 아닌가. 그런데 왜 나는 인격 파탄자처럼, 소시오패스처럼 무표정으로 아이를 바라만 봤을까. 심지어는 귀찮은 일이 생겼다는 사실에 조용하지만 강한 짜증이 일기도 했다.

나는 원래 그런 사람이 아닌데. 그렇게 경우 없고 이기적이고 몰상식한 사람이 아닌데. 평소 타인의 감정에 기민하게 반응하고 공감하고 도닥여 주는 사람인데. 어떻게 그런 행동을 하고 그 순간에 짜증을 낼 수가…… 그로부터 며칠이 지나도 그 생각을 떨칠 수가 없었다. 그러고도 시간이 더 흘러 생각하고 생각한 끝에 답을 찾았다.

당시 나는 모든 것에 지쳐 있었다. 자전거 사고가 일어나기 얼마 전에 회사에서 큰일이 터졌고, 나와 상사는 그걸 수습하느라 동분서주 뛰어다니고 마음을 졸이며 약 2주간 밤낮으로 고군분투했다. 마침내 일이 수습되고 드디어 한시름 놓자 완전히 방전 상태가 됐다.

매일 아침 눈을 뜨고 씻고 출근하고 밥을 먹는 등 일상생활의 지극히 평범한 일마저 힘에 겨웠다. 작은 자극에도 화가 났고 모든 인간과 일에 환멸이 났다. 잔뜩 예민해진 한편, 이상할 정도로 무감하고 무뎌져 있었다. 양립할 수 없는 두 상태가 한 사람의 몸에서 폭죽을 터뜨리고 있었다. 하루에도 온탕과 냉탕을 몇 십 번씩 오가는 정신 상태에 몸과 머리가 고장 났다. 그런 상태에서 또 다른 사고가 일어난 것이다.

일련의 사건으로부터 두 가지 사실을 깨달았다. 하나, 누구라도 완전히 지쳐 버리면 너무도 쉽게 괴물이 될 수 있다는 것. 둘, 그렇기에 그 상태가 되기 전에 적절한 조치를 취해야 한다는 것.

평소 마음이 따뜻하고 관대한 사람이라도 영혼이 고갈

되면 쉽게 괴물이 된다. 타인의 감정에 무뎌지고 모든 자극에 무감해지며 쉽게 화와 짜증을 분출한다. 더 이상 아무것도 느낄 수 없게 되고, 내가 왜 이 일을 하고 있는지조차 알지 못한 채 그저 회의감과 관성 사이에서 기계적으로 키보드를 두들긴다. 그래서 타인에게 쉽게 상처를 주고, 돌이킬 수 없는 실수를 저질러 관계를 망쳐 버리는 것이다.

그렇기에 우리는 정신과 육체가 완전히 고갈되기 전에 스스로에게 적절한 처방을 내려야 한다. 이대로는 도저히 안 되겠다 싶은 마음이 들 때면 모든 걸 멈추고 재정비하는 시간을 가져야 한다. 연차를 써서 몸과 마음이 회복되는 시간을 확보하거나, 숨통이 트일 수 있는 곳으로 훌쩍 떠나거나, 상황이 여의치 않다면 자신이 좋아하는 일을 하기 위해 어떻게든 짬을 내야 한다. 달콤한 케이크 먹기, 좋아하는 책 읽기, 한밤에 산책하기 등 사소한 것이라도 상관없다. 시간이 있을 때 좋아하는 일을 하는 게 아니라, 좋아하는 일을 하기 위해 바쁜 와중에도 시간을 내는 것이다. 그렇게 해야만 우리는 각박한 세상 속에서 괴물이 되지 않을 수 있다.

아직도 사고 당시의 내 태도를 생각하면 이불을 머리끝

까지 뒤집어쓰고 싶을 정도로 부끄러워진다. 많이 놀랐을 아이와 부모에게 비인간적으로 굴었던 모습이 스스로도 믿기지 않는 동시에 퍽 싫어진다. 물론 그 후에 장문의 메시지로 사과의 말을 전했지만, 그렇다고 내 잘못의 무게가 덜어지는 건 아니다.

그래서 잊지 않으려고 한다. 살면서 두고두고 기억하려고 한다. 그 사건으로 인해 깨달은 두 가지 사실을 잊지 않고, 다시는 괴물이 되지 않도록 스스로를 방치하지 않을 것이다. 더 나아가 다른 사람의 잘못에 좀 더 관대한 사람이 되고 싶다. 평소에는 따뜻한 사람이지만 내가 그랬던 것처럼 현재 너무도 지친 상태여서 한순간 실수했을지도 모르니까. 그렇게 조금씩 나 자신에게도, 타인에게도 더 나은 사람이 되려고 노력해야지.

'나'를 변호할 수 있는 사람

– '괴물이 되지 않으려면' 후일담

"너를 돌보는 일 중에 가장 중요한 건 너를 변호하는 일이야."

♡ ◯ ◁

친구의 메시지를 읽고 또 읽었다. 형용할 수 없는 여러 감정이 한군데 모여 소용돌이쳤다.

자전거 사고 후 며칠이 지나 그때의 일을 글로 써 브런치에 올렸다. 자전거로 아이를 치고 난 후 조용하면서도 강하게 짜증이 일었다고. 몇 주 전 회사에서 큰일이 터져 그걸 수습하느라 고군분투하다가 이제야 한숨 돌리게 됐는데, 또 이런 일이 일어나니 성가시고 짜증난다고. 그리고 사람을 치고서 그런 생각을 한 스스로에게 놀라 나 자신을 괴물이라고 칭했다.

그 글을 본 한 친구가 전부터 해 오던 생각을 조심스레 메시지로 전했다. 친구는 내가 안타깝다고 했다. 일련의 사고가 연달아 생겨서 안타까운 게 아니라, 그런 일이 벌어질 때마다 내가 내 편이 돼 주지 못하는 게 안타깝다고. 자신을 적극적으로 변호하지 않는 게 마음에 걸린다고. 충격으로 멍해진 자신을 괴물이라 칭하는 것도, 성가신 일이라고 생각했지만 사과하고 합의금을 물어 주는 등 도의적 책임을 다했음에도 계속 자책하는 것도 마음이 아프다고 했다. 그리고 말했다. 그럴 땐 '뭘 더 어쩌라고! 나는 할 만큼 했어'라고 생각해도 된다고. 회사에서 잘못을 했을 때도 '나만 잘못했냐? 너도 잘못했으니까 이 사달이 났지'라고 좀 뻔뻔하고 적극적으로 자신을 변호했으면 좋겠다고. 물론 행동이야 그렇게 하면 안 되겠지만 마음만은 그랬으면 한다고.

왜냐하면 우리에겐 무조건적으로 자신을 변호하고 옹호해 주는 사람이 필요하니까. 친구는 그 사람이 나 자신이 됐으면 좋겠다고 했다. 내 상황과 마음은 내가 제일 잘 알 테니 말이다. 그리고 마지막으로 한마디 덧붙였다. "너를 돌보는 일 중에 가장 중요한 건 너를 변호하는 일이야."

메시지를 반복해 읽으면서 많은 생각이 들었다. 나를 위해 진심을 꾹꾹 눌러 담아 장문의 메시지를 보낸 친구의 아름다운 마음, 나는 이제껏 한 번이라도 내 편인 적이 있었는지에 대한 의심, 왜 나는 내 편이 돼 주지 못했을까 하는 의

문, 스스로를 너무 모질게 대하는 건 아닌가 하는 반성, 그리고 나를 진심으로 옹호하고 변호할 수 있는 건 나 자신이라는 깨달음까지. 여러 감정이 폭죽처럼 터지며 뒤섞였다. 마음이 울렁거렸다. 메시지를 읽은 그날 밤은 아름다우면서도 심란했고, 소란스러우면서도 고요했다.

내가 정녕 내 편이 될 수 있을까. 언젠가는 잘못을 저질러도 나를 두둔하고 감싸 줄 수 있을까. 그런 날이 올까. 아마 쉽지 않을 것이다. 평생을 내 편이 돼 주지 못했기에 단번에 태도를 바꾸기는 어려울 것이다.

하지만 노력해야지. 내가 나를 옹호할 수 있도록, 내 편에 서서 적극적으로 나를 변호할 수 있도록 끊임없이 마음의 소리에 귀 기울이며 좀 더 강해져야지. 내 뜻대로 되는 일이 하나도 없는 세상에서 건강하고 씩씩하게 살아남기 위해서 나를 열심히, **뻔뻔스럽게 변호할 것이다.**

집을 돌보는 시간

마음처럼 되는 것 하나 없는 꾸깃꾸깃한 일상에
집까지 얼룩덜룩 꼬질꼬질하다면
마음은 자꾸 '비일상의 공간'으로 떠나고 싶어 할 테니까.

작년 10월, 생애 처음으로 자취방을 얻었다. 하숙집과 셰어하우스를 전전하던 지난날이여, 안녕, 아디오스! 그렇게 혼자만의 공간이 생긴다는 설렘을 안고 입주 전날 곧바로 이케아로 향했다. 식탁이며 의자, 공간을 채울 가구와 물품을 하나하나 손으로 쓸어 보고 앉아 보고 비교하면서 신중을 기해 골랐다. 집으로 고이 모셔 온 가구를 손수 목공질까지 해서 제자리에 척 배치하니 "이야~!" 하고 뿌듯함이 현관에서부터 밀려왔다.

그때 처음으로 내가 사물에 애정을 가질 수도 있다는 걸 느꼈다. 나는 원체 물욕도 없고 지독한(?) 실용주의자라 가성비를 따져 필요한 물건만 딱딱 사는 사람이었다. 그래서 엄마와 언니가 종종 새로 산 컵이나 이불을 자랑하며 사랑스럽다는 듯 매만질 때도 뭐가 그렇게 좋을까 의아해하곤 했다. 그런 내가 거실에 놓인 하얗고 반듯한 식탁부터 방 벽면에 배치한 감색의 목재 책상, 그 위에 놓인 자주색 스탠드까지 하나하나 사랑스럽다고 여기다니. 역시 생물이든 무생물이든 직접 품을 들여야만 애정이 생기나 보다. 시간과 에너지를 들여 보러 가고, 만져 보며 감촉을 느끼고, 이것저것 취향을 따져 비교한 후 비로소 손안에 안착한 것에 마음이 부푸나 보다.

하지만 그런 풍실풍실한 마음도 잠시, 어여쁜 사물과는 별개로 나는 새 집에 잘 적응하지 못했다. 묘하게 겉도는 느낌이라고 할까, 아직은 어색하다고나 할까. 집순이 체질과는 거리가 먼 사람이라 아침에 눈 뜨면 집을 나서 해가 저물면 돌아오곤 하는데, 글쎄……. 현관문을 열면 보이는 어두컴컴한 거실이며 싸늘하게 냉기가 도는 바닥, 하숙집과 셰어하우스와는 달리 아무런 인기척이나 온기도 없이 그저 적막만이 감도는 공기, 그 안에서 냉장고에 있는 음식을 전자레인지에 데워 홀로 식탁에서 먹을 때면 밀려오는 쓸쓸함과 외로움, 무기력이 나를 몹시 적적하게 만들었다. 결국 집에 정을 붙이지 못한 채 저녁까지 밖에서 먹고 밤이 늦어서야 집에 돌아오는 지경에 이르렀다. 안락하고 포근할 줄 알았던 첫 집은 그렇게 잠만 자는 장소로 전락했다. 어서 빨리 잠들어 이 어둠이 지나가고 내일 아침이 왔으면.

한 달의 시간이 흘러 11월의 어느 날, 늦잠을 잔 데다 만사가 귀찮아져 밖에 나가는 대신 집에서 할 일을 했다. 거실 창을 가리고 있던 블라인드를 끝까지 걷어 올리고 늦은 아침을 정갈히 식탁에 차렸다. 간만이네, 이런 느긋함. 사과를 한 입 베어 물고 우물거리는데 창을 통해 맑은 겨울 볕이 들어왔다. 식탁 너머까지 펼쳐지는 맑고 해사한 햇살을 보며 '오후의 이 집은 이런 모습을 하고 있었구나' 하고 조금 놀랐다. 싸늘하고 무뚝뚝한 줄로만 알았던 사람의 다정하고 따뜻한 모습을 발견한 기분이랄까. 마룻바닥을 적신 나른한 볕을 바라보며 찬찬한 마음으로 식사를 마쳤다.

좋아, 이런 날엔 청소를 해야지. 창을 활짝 연 후 청소기로 거실과 바닥의 먼지를 쓸고, 밀대로 이곳저곳을 닦았다. 화장실에 락스를 뿌리고 타일 틈새가 하얘질 때까지 박박 솔질을 했다. 아, 말끔하다. 시트러스향이 나는 주방용 세제로 싱크대의 때를 제거하고, 창틈에 낀 먼지까지 물티슈로 훔쳤다. 때를 빼고 광을 낸 집에서 노트북을 켜 본격적으로 할 일을 했고, 해가 저물 때 난방을 켜 바닥과 공기를 데

웠다. 요리를 해 조촐하게 저녁을 차려 먹고, 남은 시간에는 스탠드 조명 아래에서 차를 마시며 책을 읽었다.

그리고 하루를 마치기 전 일기를 쓸 때 깨달았다. 아, 자세히 봐야 예쁘다. 오래 봐야 사랑스럽다. 집, 너도 그렇다. 온종일 집에서 시간을 보내 보니 알겠더라. 아무리 멋진 물건으로 채워진 근사한 곳이라도(우리 집이 그렇다는 건 아니다) 그 안에서 충분히 시간을 보내야만 마음이 폭 안착할 수 있는 공간이 된다는 것을. 나는 그날 집을 치우고 할 일을 했을 뿐 아니라 침대에서 뒹굴거리며 유튜브를 보고, 간식도 먹고, 약간의 운동과 소소한 요리도 했다. 그 시간 동안 전혀 쓸쓸하거나 적적하지 않았고, 오히려 편안하고 느긋했으며 여유로웠다. 몇 평 되지 않는 공간에서 그날 처음으로 안락함을 느꼈다.

직접 품을 들인 물건에 애정을 갖게 되는 것처럼, 집도 넉넉히 품을 들여 살펴보고 돌보고 충분한 시간을 함께해야 정이 붙는다. 이전에 살던 하숙집이나 셰어하우스에 있던 물건에 애정을 가질 수 없었던 이유는 그걸 고르고 가공하고 배치하는 그 어떤 과정에도 내 손길이 배어 있지 않아

서였다. 그건 원래 그 자리 그곳에서 많은 사람들의 흔적을 묻힌 채 존재했으니까. 미척 취향이나 디자인과는 상관없이 그저 기능에만 충실한, 말하자면 가구보다는 도구에 가까운 물품이었다.

집도 마찬가지다. 잠깐 몸을 누이고 금세 어디론가 떠나는 용도로만 사용된다면 그 공간은 결코 'Home'이 될 수 없다. 그저 주거의 기능에만 충실한 'House'일 뿐. 그리고 또 한 가지 깨달은 건, 바로 현재의 일상이 싫어질수록 집을 가꾸고 돌보는 데 더욱 시간을 쏟아야 한다는 것이다. 집이야말로 가장 일상적인 공간이니까. 마음처럼 되는 것 하나 없는 꾸깃꾸깃한 일상에 집까지 얼룩덜룩 꼬질꼬질하다면 마음은 자꾸 '비일상의 공간'으로 떠나고 싶어 할 테니까. 예쁘게 차려진 카페나 그림 속 여행지 같은, 내 일상과는 가장 먼 곳으로 말이다. 그러니 일이 좀처럼 뜻대로 흘러가지 않을 땐 일단 집부터 착착 보살펴 보면 어떨까. 분명 마음이 한결 쾌적해질 것이다.

집주인이 내게 잘 좀 살라고 했다

일생에 걸쳐 나와 끝까지 함께 살아갈 사람은 나이므로
스스로를 어르고 달래서 잘 데리고 살아야 한다.

♡
♥
♥

　중복이 막 지난 7월 중순쯤이었다. 그 말은 즉, 에어컨을 슬슬 틀 때가 됐다는 것. 나는 집주인 할아버지에게 연락해 에어컨 청소를 부탁드렸고, 할아버지는 그렇게 하겠다며 집 비밀번호를 가르쳐 달라고 했다(당시 나는 밖에서 볼일을 보고 있었다). 메시지로 비밀번호를 보내고서 몇 시간 후 집으로 귀가했다. 에어컨을 틀어 보니 깨끗하고 시원한 바람이 기분 좋게 이마에 닿았다.

　그렇게 만족하던 찰나, 집주인 할아버지에게 전화가 왔다. 감사 인사를 드리려고 입을 떼는데 글쎄, 할아버지가 전화를 받자마자 언짢은 기색으로 볼멘소리를 하기 시작했다. 내용인즉슨 커피포트 바로 위 천장에 곰팡이가 시꺼멓게 피어 있더라는 것이었다. 우리 집 커피포트는 벽걸이형 에어컨 바로 밑에 있는데, 물을 거기서 끓이니 수증기가 모여 벽에 곰팡이가 피고 에어컨도 더 더러워졌다고 했다. 몰랐다고, 죄송하다고 했더니 정말 그걸 몰랐냐고 되물었다. 나는 정말 몰랐다고 답했다. 정말 몰랐으니까! 그러자 할아버지는 앞으로 거기서 물을 끓이지 말라고 충고를 하고선 한마디 덧붙였다.

"거, 잘 좀 삽시다!"

전화를 끊고서 할아버지의 마지막 말을 곱씹었다. 그 말이 귓가에 맴도는 듯했다. 그리고 깨달았다. 내가 지금 잘못 살고 있다는 것을. 나는 회사 생활에 지쳐 집을 엉망으로 방치하고 있었다. 배달시킨 상품의 박스와 포장 비닐이 거실에 이리저리 널려 있었고, 식물들에게 물을 주지 않아 잎이 바싹 말라 있었다. 빨래는 쌓여 있었으며, 입다 벗은 옷가지는 의자에 아무렇게나 겹쳐져 있었다. 화장실과 싱크대에는 물때가 누렇게 껴 있었다.

그뿐이랴. 나는 집뿐만 아니라 나 자신도 방치했다. 식사는 거르거나 인스턴트 식품으로 대충 때웠고, 배가 고플 땐 밥 대신 과자를 먹었다. 퇴근하고선 만사가 귀찮아 운동이고 나발이고 그저 침대에 무기력하게 누워 영양가 없는 SNS 콘텐츠를 들여다봤다. 허벅지와 배에 살이 붙어서 그런가. 몸과 정신은 날이 갈수록 무거워졌다. 그래서 거실 한쪽 벽면에 커다랗게 핀 곰팡이도 발견하지 못한 채 이제껏 지낸 것이었다.

집주인 할아버지의 말을 듣고 '잘 사는 것'의 기준에 대해 다시 생각하게 됐다. 예전에는 잘 산다는 건 곧 나 자신을 '잘 데리고' 사는 것이라고 생각했다. 지금도 그 생각은 유효하다. 일생에 걸쳐 나와 끝까지 함께 살아갈 사람은 나이므로 스스로를 어르고 달래서 잘 데리고 살아야 한다. 그러기 위해 내가 뭘 좋아하고 싫어하는지, 어떤 상황에서 어떤 제스처를 취해야 기분이 좋아지는지, 어디에 데려다 놓아야 마음이 편해지는지 등 자신에 대한 디테일을 최대한 많이 알아야 한다. 하지만 그 기준을 정립하는 데 많은 시간과 시행착오가 필요하기에 "내가 잘 살고 있나?"라는 물음에 선뜻 대답하기는 어렵다.

곰곰이 생각한 끝에 일단 내가 현재 잘 살고 있는지를 파악하기 위해 두 가지 사항을 체크해야겠다고 생각했다. 첫째, 집의 위생 상태가 양호한가. 둘째, 하루 중 한 끼라도 건강하게 챙겨 먹는가.

두 가지 모두 충족하지 못한다면 지금 영 잘 살고 있지 않다는 소리다. 우리는 시간과 마음의 여유가 없을 때 가장 먼저 집과 끼니에 대해 무심해지곤 하니까. 집과 자신을 내 팽개치고 해야 할 일에 질질 끌려 다니게 되니까. 하지만 반대로 말하면 둘 중에 한 가지라도 충족한다면 지금의 생활이 영 별로는 아니라는 뜻이다. 바쁜 와중에도 틈틈이 행복해질 기회를 만들고 있다는 것일 테다. 두 가지 모두를 충족한다면 지금의 생활에 나름대로 만족하며 잘 살고 있다고 말할 수 있겠지.

그러니 앞으로는 문득 '나 지금 잘 살고 있나?'라는 물음이 떠오를 때, 이 두 가지 사항을 먼저 생각해 봐야겠다. 둘다 만족한다면 '오케이, 나는 지금 여유를 잃지 않으면서 꽤 사람답게 살고 있어.' 한 가지만 해당된다면 '바쁘지만 그래도 일상을 유지하려고 나름대로 노력하고 있어.' 그런데 둘다 해당되지 않는다면? 그때는 틀림없이 내가 지금 잘 살고 있지 못하다는 뜻일 테다.

그러니까 잘 살기 위해서 적어도 두 가지 중 한 가지라도 만족하려고 노력해야겠지. 지금의 나는 모두 해당사항이 없는 것 같으니까 일단 첫 번째 조건부터 채우기 위해 몸을 움직여야겠다. 어질러진 거실과 방을 치우고, 화분에 물을 주고, 청소기를 밀고, 걸레질을 하고, 싱크대와 화장실에도 락스를 뿌려야지. 다시는 천장 한구석에 곰팡이가 피지 않도록 유의하면서.

내가 나를 대접하고 존중하는 것. 내 욕구와 만족에 귀 기울이는 것.
내가 내 삶을 사는 게 아닌 삶이 나를 살아 내지 않도록.
목표를 좇는 것이 아니라 목표에 쫓기는 상태가 되지 않도록.

당장 처리해야 할 일과 막연한 미래에 대한 불안으로 마음의 여유가 0으로 수렴했던 적이 있었다. 당시 나는 밥 먹는 시간조차 아까워서 인스턴트 식품이나 과자 부스러기로 끼니를 때우기 일쑤였다. 집에서 마요네즈에 대충 버무린 참치와 밥으로 꾸역꾸역 점심을 먹던 어느 날이었다. 퍽퍽한 밥알 사이로 그보다 더 퍽퍽한 통조림 참치를 입 안에서 뭉그러뜨리며 삼키기를 두어 번. 잠시 숟가락을 내려놓고 내 앞의 식탁을 멍하니 바라봤다. 며칠 전에 지어 찰기와 수분이 사라진 밥, 냉장고 속 유일한 밑반찬이었던 먹다 남은 참치마요.

'아, 황폐하다.'

문득 이런 생각이 속절없이 들었다. 황폐한 느낌의 근원은 나조차도 나를 막 대한다는 자각에 있었다. 내가 나를 내팽개치고 있구나. 존중하지 않고 있구나. '바빠서' '여유가 없어서'라는 말 속에 파묻혀 한 번도 인식하지 못했던 사실이 보이기 시작했다. 그때 처음으로 잘 차려 먹는 한 끼의 중요성을 어렴풋이 알 것도 같았다. 잘 '차려진' 음식이 아니라, 잘 '차려 먹는' 한 끼 말이다.

실용성도 그다지 없고, 가성비도 별로고, 그렇다고 누군가를 기쁘게 한다거나 생산적인 가치를 창출하는 것도 아닌 소비가 필요할까? 마찬가지로 서툰 솜씨일지라도 자신의 한 끼를 위해 시간과 에너지를 들여 요리를 만들고 예쁜 그릇에 담아 먹는 과정이 필요할까? 쉽고 빠르며 맛까지 보장된 편의점 음식과 배달 음식을 두고서?

누군가 내게 그렇게 묻는다면 내 대답은 당연히 'Yes'다. 오로지 자신만을 위한 소비, 자신을 위한 과정이 담긴 행위를 한다는 건 곧 스스로를 대접해 준다는 의미임을 이제는 앎으로.

내가 나를 대접하고 존중하는 것. 내 욕구와 만족에 귀기울이는 것. 그런 순간들이야말로 삶이 황폐해지지 않도록 막아 주는 방파제가 아닐까. 내가 내 삶을 사는 게 아닌 삶이 나를 살아 내지 않도록, 목표를 좇는 것이 아니라 목표에 쫓기는 상태가 되지 않도록, 하루하루에 잠식당하는 일상이 되지 않도록 막아 준다. 동시에 '내가 나를 위해 살고 있음'을 알려 주는 이정표가 돼 준다. 그런 순간들이 쌓여 결국엔 자신을 귀히 여기는 마음, 자아 존중감이 높아질 거라고 믿는다.

일전에 친언니로부터 통장에 딱 3만 원밖에 없었는데 캐릭터 한정판으로 나온 시리얼 통이 무척 가지고 싶었다는 얘기를 들었다. 당시 3만 원으로 2주 이상을 버텨야 하는 상황이었고, 그 통은 시리얼 통 주제에 무려 1만 원이나 했단다. 그런데 안 사면 엄청 후회할 것 같고 계속 눈앞에 아른거릴 것 같아 그냥 샀다고 했다. 이후로 더 거지같이 살아야 했지만 지금까지 그 선택에 대해 한 번도 후회한 적 없으며, 보기만 해도 기분이 좋고, 심지어 그때 그런 선택을 한 것에 뿌듯함까지 느낀다고 했다.

당시에는 '전 재산의 3분의 1을 예쁜 쓰레기에 꼬라박았는데 왜 뿌듯할까. 그 뿌듯함은 어디서 비롯됐을까'라는 의문이 들었다. 동시에 '부럽다. 말란(언니의 애칭)은 분명 나보다 훨씬 행복한 인생을 살 거야. 죽는 순간에 덜 후회하고, 삶에 대해 더 긍정하면서'라는 생각도 했다.

돌이켜 보면 언니가 느낀 그 뿌듯함은 재정적으로 어려운 여건임에도 불구하고 스스로를 위해 기꺼이 소비할 줄 아는, 그런 상황에서도 기꺼이 자신을 대접할 줄 아는 스스로에 대한 기특함에서 비롯한 게 아니었을까 한다. 그리고 그런 선택을 할 수 있는 말란은 여유가 없어지면 자신부터 내팽개쳐 버리는, 그래서 아무거나 입고 아무거나 먹고 항상 차선을 선택하고 마는 나보다 훨씬 풍요로운 인생을 살 거라는 직감도 들었던 것 같다.

전 재산의 3분의 1을 투자해 예쁜 시리얼 통을 사는 것. 1년에 고작 몇 번밖에 쓰지 않을 마스킹테이프를 모으는 것. 편의점에 파는 정갈한 1인분 닭볶음탕을 소비하는 대신 마트에서 산 재료로 떠듬떠듬 닭볶음탕 비슷한 음식을 만들어 내는 것.

합리적인 선택과는 거리가 멀어 보이지만 '합리적'인 게 꼭 '유익함'을 의미하지는 않는다는 걸 알게 된 지금, 나는 이런 걸 시도해 보지 않을 수가 없다. 그러니까 온전히 나를 위한 행위, 나를 담아내는 과정을 열심을 다해 쌓아 가겠다는 소리다. 이번에는 외면하지 않을 것이다. 이렇게 자존감이 낮은 나도 언젠가는 스스로를 귀히 여기는 사람이 되길 바라니까. 내 삶이 좀 더 풍요로워질 수 있길 스스로 가장 응원하니까.

꽃에는 힘이 있다

이 아이가 자신이 가진 생명력을 조금씩 떼어다가
당신에게 위로와 활기를 불어넣어 줄 거라고.
그러니 부디 씩씩하게 이 힘겨운 상황을 무사히 건너가라고.

♥
♥
♥

우울증이 절정기에 치달았을 때 엄마가 꽃을 사 준 적이 있다. 내가 좋아하는 작고 소박한 들꽃 종류로 한 움큼 사서는 투명한 유리병에 꽂아 내 손에 쥐여 줬다. 나는 유리병을 식탁에 두고 종종 멍하니 바라봤다. 이상하게 그 주위의 공기는 다른 곳보다 채도가 높은 느낌이었다. 싸늘하게 배회하는 공기가 꽃과 맞닿아 몽글몽글 구름처럼 둥그러지는 느낌. 그래서였을까. 들꽃향이 나는 작고 하얀 꽃잎을 보고 있으면 비포장도로처럼 들쭉날쭉했던 마음이 한결 평평해졌다.

일주일 뒤, 엄마는 이번엔 국화 한 다발을 사 줬다. 꽃병에 정갈하게 꽂아 매일 물을 갈고 볕을 쪼여 줬다. 밥을 먹을 때나 침대에 누워 있을 때, 아무것도 하지 않을 때 가만히 꽃을 쳐다봤다. 황폐해진 마음이 잠시 동안 가만가만해질 수 있도록.

그 후로 나는 2주에 한 번씩 직접 꽃을 사러 간다. 좋아하는 꽃집에 들러 그날그날 예뻐 보이는 꽃을 1만 원에서 1만 5천 원어치, 딱 한 줌 정도만 고른다. 식비나 난방비는 그토록 아끼면서 정작 얼마 지나지 않아 버리게 될, 실용성이라곤 조금도 없는 꽃은 정기적으로 사다니. 대체 꽃에는 어떤 힘이 있길래 이렇게 나를 끌어당길까? 스스로에게 무심코 던진 질문에 머릿속에 선명히 떠오르는 한 가지 풍경이 있었다.

비슷한 시기, 서울에 사는 언니가 우울증이 점점 더 심해지는 나를 혼자 둘 수 없다고 판단해 잠깐이라도 서울에 올라와 함께 시간을 보내자고 했다. 처음에는 싫다고 거절했으나 실행력이 불도저급인 언니는 서울행 비행기표를 끊어 내게 보냈다. 무를 수 없다고 단단히 엄포를 놓았다. 결국 내 의사와는 상관없이 나는 서울행 비행기에 올랐고, 2박 3일을 언니와 함께 보냈다.

짧은 시간이었지만 그 후로 신기하리만치 상태가 호전됐다. 하루 중 대부분을 침대에 누워 있기만 했던 전과는 달리 제시간에 끼니를 챙겨 먹으려고 노력했고, 집을 청소하려고 몸을 꿈질거렸다. 짧게나마 책을 읽기도 했다. 아마 나를 사랑해 주는 사람과 행복한 시간을 보내서, 언제든 내 편인 존재가 그 자리 그곳에 있다는 사실을 다시금 확인했기에 그런 것도 있겠지만, 역시 그날의 한강도 단단히 제몫을 했다.

서울에서의 마지막 날, 언니와 함께 한강에 갔다. 두툼한 담요와 핫팩, 커피가 담긴 보온병과 전날 산 마들렌, 블루투스 스피커를 챙겼다. 편의점에서 라면 하나를 끓여 한강이 보이는 단상에 자리 잡았다. 햇볕에 반사된 반짝이는 윤슬이 한강의 넓은 수면을 가득 메웠고, 수평선 위로는 해가 따스한 빛줄기를 뿜어냈다. 이따금씩 빛줄기 사이로 새가 지저귀는 소리가 겹쳤다. 우리는 이마에 닿는 차가운 공기를 느끼며 담요를 덮은 채 뜨거운 라면을 나눠 먹고, 식은 커피와 함께 마들렌을 조금씩 떼어 먹었다. 블루투스 스피커에서는 잔잔한 재즈가 흘러나왔다. 특별한 걸 하지 않아도 그 시간이 마냥 좋아 아무 말 없이 오후 세 시의 한강을 두 눈에 찬찬히 담았다. 눈이 시릴 것만 같은 그 풍경을 가만 쳐다보다 눈을 감았다. 시야가 순식간에 주홍빛으로

물들었다. 그 장면을, 그 순간의 느낌을 오감으로 간직하고 싶어서 숨을 크게 들이쉬고 내쉬기를 반복했다. 다시 눈을 천천히 떴다.

'더할 나위 없구나.'

눈이 부시도록 아름답고 오롯한 자연의 모습은 폐허가 된 마음속에 뭔가를 가득 채워 줬다. 거칠고 모난 부분을 둥글게 덮는 동시에 어떤 충만함을 불어넣었다. 그 정체는 부드러운 위로와 단단한 생명력이었다. 말하자면, '살아갈 힘'이었다.

전에도 이런 느낌을 받은 적이 있었다. 대학생 시절 네덜란드에 교환학생으로 갔을 때 헤이그 바닷가에서 느꼈던 것과 같았다. 잔잔히 부서지는 파도와 손에 잡힐 듯 낮게 떠다니는 크루아상을 닮은 구름, 수면 위로 찬란히 내리쬐는 햇살, 얼굴을 기분 좋게 스치는 산들바람까지. 물에 발을 담그고 눈을 감고선 진심으로 지금 죽어도 여한이 없다고 생각했다. 하지만 그와는 반대로 모순적이게도, 나는 그때 분명 살아갈 힘을 얻었다. 이 힘겨운 세상을 버텨 나갈 힘을 말이다.

꽃은 내가 마주했던 그 거대한 자연의 생명력을 한아름 떼어다가 내 공간에 놓아둔 것이다. 매일 밥을 먹고 청소를 하고 책을 읽을 때, 이렇게 글을 쓸 때마다 눈앞의 꽃을 보며 몽글한 위로와 살아갈 힘을 조금씩 조금씩 얻는다. 뿌리에서 흡수한 물이 줄기로 전해지고, 다시 봉오리에 도달해 기어코 잎을 피우는, 그 작고 신묘한 생명력을 나는 한 잎 한 잎 떼어다가 오늘을 버틸 연료로 사용한다. 지금 이 순간을 살아 낼 힘을 얻는다. 그게 바로 꽃이 가진 선한 힘이라고 믿는다.

보통 누군가에게 축하할 일이 있을 때 꽃을 선물한다. 보는 것만으로도 화사하고 아름다우니 축하하는 자리에 꽃만큼 제격인 것도 없겠지. 하지만 나는 꽃이 가진 힘을 알고 나서부터 누군가를 위로할 때, 힘이 돼 주고 싶을 때 꽃을 선물한다. 이 아이가 자신이 가진 생명력을 조금씩 떼어다가 당신에게 위로와 활기를 불어넣어 줄 거라고. 그러니 부디 씩씩하게 이 힘겨운 상황을 무사히 건너가라고. 그럴 수 있을 거라고. 살아 내라고.

물론, 나에게도 잊지 않고 2주에 한 번씩 선물하며 마음속으로 생각한다.

2주 동안 잘 버텼어, 굿 잡. 다음 2주도 이 꽃과 함께 힘을 내 볼까나!

목적은 의미 있는 인생의
필수 조건이 아니라고

우리의 인생을 의미 있게 만드는 건
하루하루 속에 숨어 있는 이런 작고 아름다운 순간이라고.
우리는 인생의 마지막 장면에서 그런 걸 떠올리며 미소 짓게 된다고.

며칠 전 영화 〈소울〉을 봤다. 보는 내내 마스크를 껴야 해서 조금 답답했지만, 그런 수고가 대수롭지 않게 느껴질 만큼 커다란 울림이 있는 영화였다. 애니메이션으로 이런 메시지를 표현할 수 있다니. "역시 픽사!"라는 말밖에 나오지 않았다.

주인공 조는 초등부 재즈 교사로, 어느 날 꿈에 그리던 재즈 밴드에 합류할 기회를 얻는다. 단번에 오디션을 통과한 그는 온몸으로 기쁨을 내뿜으며 집으로 향하는데…… 가는 길에 그만 맨홀에 빠져 죽는다. 아니, 정확히 말하면 죽은 건 아니고 의식 불명 상태가 된다. 어휴, 불쌍한 영혼 같으니.

이 불쌍한 영혼은 이대로 죽을 수 없다며 저세상에서 몸부림친다. 그러다가 실수로 '태어나기 전 영혼'들이 사는 세계로 떨어진다. 그곳의 어린 영혼들은 자신의 고유한 성격을 형성한 뒤 지구로 떠날 준비를 한다. 단, 지구로 향하기 위한 마지막 단계에서 반드시 자신만의 '불꽃'을 찾아야 한다. 어떤 영혼의 불꽃은 축구고, 또 다른 영혼의 것은 요리 같은 식이다. 아기 영혼들은 불꽃을 찾기 위해 스포츠, 음악, 미술, 독서 등 지구의 이런저런 활동을 멘토와 함께 경험한다.

처음에는 그 불꽃이 재능 또는 인생의 목적인 줄 알았다. 저마다의 고유한 어떤 것이며, 그걸 찾은 후에야 비로소 지구로 향할 자격이 주어지니까. 그리고 주인공이 "내 불꽃은 음악이었던 게 틀림없어. 음악은 내 전부이자 삶의 목적이야"라고 말했으니까. 하지만 영화를 끝까지 보고 나서야 깨달았다. 불꽃은 한 사람의 타고난 재능도, 인생의 목적도 아니었다.

영화에는 오랜 시간 동안 불꽃을 찾지 못해 좌절하는 영혼이 나온다. 자신은 지구에서 이루고 싶은 목적이 없으니 불꽃을 찾을 수 없는 거라고. 자신은 쓸모없고 구제불능이며, 영원히 불꽃을 찾지 못할 거라고. 하지만 우여곡절 끝에 불꽃의 정체를 깨달은 조가 그 어린 영혼에게 말한다.

"불꽃은 목적이 아니야. 그저 삶을 살아갈 준비가 됐을 때, 그때 비로소 불꽃이 생기는 거야."

삶을 살아갈 준비. 그건 지구라는 행성을 궁금해하고 세상을 긍정할 수 있게 만드는 무언가다. 인생에서 이뤄야 할 최종적인 어떤 게 아니라, 그저 자신의 생을 더 풍요롭게 만드는 무언가. 어떤 사람은 음악으로 삶을 풍요롭게 변주하고, 또 다른 사람은 스포츠를 통해 세상을 긍정한다. 요리를 통해 세상을 더 궁금해하고 하루를 더 즐거이 보낸다. 어린 영혼들이 찾아야 했던 건 자신의 인생을 더 깊고 진하게 '느낄 수 있도록' 만드는 하나의 요소였던 것이다.

내게 '글쓰기'도 마찬가지다. 작가가 되고 싶은 것도, 책을 내고 싶은 것도 인생에서 반드시 이뤄야 할 최종적인 목표는 아닐 테다. 그런 게 목표나 인생의 의미 자체가 된다면 그걸 손에 쥐지 못했을 때 내 인생은 아무 의미가 없어져 버리니까. 아무것도 되지 못한 실패자가 되니까. 그러니 글쓰기도 그저 삶을 더 궁금해할 수 있게, 내게 다가오는 것을 더 세심하게 감각하고 하루를 더 즐거이 들여다보게 만드는 하나의 요소일 뿐이라고.

영화는 인생을 의미 있게 만드는 건 목적이나 재능 같은 게 아니라고 말한다. 인생의 의미는 자신을 둘러싼 환경을, 계절이 바뀌는 자연의 순간을, 자신에게 주어진 하루 속의 작은 요소를, 순간순간을 소중히 감각하며 살아 내는 것에 있다고 말한다. 조가 세상을 떠나기 직전 떠올린 게 음악이 아니라 어린 시절 부모님과 함께했던 즐거운 시간, 맨발을 쓸고 가는 해변의 파도, 마른 하늘을 보며 그저 걷던 순간, 손바닥에 떨어진 꽃잎의 감촉, 따듯한 커피와 파이로 하루를 마무리했던 장면 등이었던 것처럼.

우리의 인생을 의미 있게 만드는 건 하루하루 속에 숨어 있는 이런 작고 아름다운 순간이라고. 우리는 인생의 마지막 장면에서 그런 걸 떠올리며 미소 짓게 된다고. 작고도 거대한 영화 〈소울〉은 내게 그렇게 말했다.

원이 아니라
나선을 걷고 있습니다

타인과 나를 끊임없이 비교하며 좌절하기보다는
내 발자국의 크기와 깊이, 보폭을 고려해
좀 더 '잘' 걸을 수 있는 방법을 찾아야 한다는 것을.

♥
♥
♥

　고백 하나 해 볼까. 나는 한 번에 여러 가지 일을 폭풍처럼 해내는 사람들을 꽤 오랫동안 부러워해 왔다. 18학점을 다 채워 들으면서 아르바이트는 물론 동아리 활동과 공모전 또는 자격증 준비, 주말에는 스터디 모임과 연애까지 빼놓을 수 없다는 듯 척척 해내는 그런 사람들. 다채로운 경험 자체가 곧 스펙이 되는 시대에서 그런 사람들은 '내가 가장 닮고 싶은 인재상' 자리를 단숨에 꿰찼다.

　나는 왜 저렇게 될 수 없을까. 으레 그렇듯, 동경과 부러움이 민들레 홀씨처럼 부풀었다 날아간 자리에는 자괴감과 자책이 뒤따랐다. 한정된 시간과 에너지로 종횡무진 뜀박질하는 사람들을 보고 있노라면 한 번에 기껏해야 두 가지 일만을 겨우 해내는 나 자신이 구식 자동차가 된 기분이었다(연비가 영 구리다는 소리다).

　대학교를 다닐 땐 정규 수업에 포함된 과제와 팀플, 시험 준비 그리고 일주일에 세 번 남짓 아르바이트를 하는 것만으로도 숨이 가빴다. 스터디나 동아리 등 그 외의 활동은 아르바이트 대신 교내 근로 장학생으로 생계 수단을 바꿔 시간과 에너지를 확보해야만 가능한 일이었다. 직장 생활은 또 어떻고. 같은 직장인인데도 무서운 속도로 글을 써 출간에 골인하는 사람이 있는가 하면, 나는 하루에 한 문단조차 쓰기 버거운 날이 많았다. 회사 업무만으로 이미 과부하 상태가 돼서 모임이나 스터디 같은 건 엄두도 내지 못했다. 간혹 찾아오는 '열심히 살고 있다는 뿌듯함'은 타인의 SNS 속 무수한 성취의 경험을 마주하는 즉시 낯부끄러움으로 변모했다. 꼴랑 한 문단 적으려고 온갖 바쁜 척에 약속까지 미룬 거야?

　유난이다, 정말. 그렇지만 한 번도 누군가에게 이에 대해 털어놓거나 고민 상담을 한 적은 없었다. '다경험, 고성취자 우대' '빠르면 빠를수록 좋아요' 시대에 손 안에 두어 개밖에 쥐지 못하는 사람이라는 고백은 스스로 연비가 꽝인 구식이라는 걸 밝히는 꼴이니까. 넓은 스펙트럼을 발품 파는 인재를 누구보다 선호하는 SNS 시대에 착오로 떨어진, 촌스러운 외골수 아날로그 인간인 것만 같았다. 하지만 인생은 언제나 마음처럼 되지 않는다고, 결국 두 손 두 발 다 들고 스스로의 치부를 입 밖으로 시인할 수밖에 없는 일을 마주하는데…….

대학 졸업 직후, 본가로 내려와서 본격적인 취준생의 길을 걷던 때였다. 당시 아르바이트 자리를 모색 중이었는데, 운이 좋게도 원하는 근무 시간대와 직종에 맞는 자리를 발견했다. 일주일에 세 번, 하루 다섯 시간 근무하는 초중고등학생 영어 강사였다. 취업 준비와 병행하기에 손색없는 자리였지만 딱 한 가지 걸리는 부분이 있었으니, 바로 통근 시간이 편도 두 시간이라는 것. 무려 왕복 네 시간의 대장정이었다.

주변 사람들은 난색을 표하며 만류했지만 당시 나는 이상한 오기로 가득 차 있었다. 야간 아르바이트를 하면서 시험을 준비하는 사람도 있는데 나라고 못 할 게 뭐야? 일주일에 세 번쯤은 나도 문제없다고! 내친김에 통근할 때 지하철에서 읽을 책도 한가득 샀고, 자격증 시험 접수까지 완료했다.

그렇게 야심 차게 시작한 아르바이트는 결론부터 말하

자면 망했다. 그야말로 모든 게 엉망진창이었다. 원서 접수 마감 기한을 맞추기 위해 퇴근 후 자정이 다 돼서 다시 책상에 앉았지만 이내 엎어져 졸기 일쑤였고, 커피로 간신히 졸음을 쫓아도 이미 지친 뇌는 작동하기를 완강히 거부했다. 새벽 두세 시까지 자리를 지켰지만 자기소개서의 한 문항도 쓰지 못하는 날이 허다했다. 다음 날 늦잠으로 인해 아침형 인간의 골든타임인 오전 시간대를 몽땅 날렸으며, 자격증 공부는커녕 수업 준비를 하다 허겁지겁 버스에 몸을 싣기 바빴다. 집으로 돌아오는 길엔 진이 다 빠져 버스 의자에 시체처럼 널브러져 있는 것 말고는 할 수 있는 게 없었다. 이런 와중에 책은 무슨.

결국 자기소개서를 완성하지 못해 바랐던 기업에 지원조차 하지 못했고, 신청해 둔 자격증 시험에는 '어차피 떨어질 것'이라는 자기 변명을 늘어놓으며 참석하지 않았다. 겨우 한 달 만에 그만둬야겠다는 말을 학원 원장님에게 전한 후에야 비로소 무릎을 꿇고 시인했다. 그래, 나 구식이야. 나는 느그들처럼 될 수 없어, 엉엉. 그때는 정말 인정할 수밖에 없더라.

애초에 멀티가 불가해 성취의 기회 자체가 많지 않았다.

그렇다고 대단한 추진력을 가진 것도 아니라서 자신 있게 꺼내 놓고 자랑할 만한 결과물도 없었다. 분명 열심히 살아 온 것 같은데, 사실은 최선을 다해 왔는데 왜 손안에 남은 건 이리도 얄팍하고 볼품없는지.

일본 영화 〈리틀 포레스트〉에서 주인공 이치코의 엄마 후쿠코는 딸에게 말한다. 이따금씩 아무리 걸어도 원을 그리고 있는 것만 같았다고. 계속 같은 자리를 빙빙 돌며 늘 같은 지점에서 실패하는 듯했다고. 당시 나는 이보다 내 인생을 잘 설명할 수 있는 문장은 없다고 생각했다. 그래서 종종 깊은 무력감과 회의에 젖어 있었다.

그런 내게 어떤 희망보다 희망적으로 와닿은 문장이 있었다. 바로 동일 영화에 나온 '나선 이론'과 한수희 작가의 에세이 《우리는 나선으로 걷는다》의 서문이다. 항상 같은 자리를 돌며 원을 그리는 느낌이라던 후쿠코는 "이제 보니 그건 원이 아니라 나선"이었다고 딸에게 편지를 쓴다. 늘 제자리걸음처럼 보이지만 사실은 아래로, 위로, 옆으로 이동하면서 조금씩 더 큰 나선을 그리고 있었다고. 어쩌면 인간 자체가 나선일지도 모르겠다고.

한수희 작가는 이 내용을 언급하며 "우리는 조금씩 처음에 그린 원에서 비껴 가고 있다"고 썼다. 원에는 출구가 없지만 나선에는 출구가 있다고. 그리고 자신은 직선이 아닌 나선으로 걸었기에 더 많은 것을 보고 느끼고 경험할 수 있었다고. 남들에게 권하고 싶은 인생도 아니고 딱히 자랑스러울 것도 없지만, "나는 그렇게밖에 걸을 수 없어서 그렇게 걸었던 것"이라고.

*

나는 태어나기를 '좁고 깊게' 났다. 사회적 활동뿐 아니라 인간관계, 독서 습관, 덕질의 대상까지 한 가지를 붙들면 오래도록 깊이 감상했다. 한번 잡은 책의 마지막 페이지를 읽기 전까진 다른 책으로 넘어가지 않았으며, 소수의 친구들과 끈질긴 인연을 이어 왔다. 좋아하는 영화는 일곱 번이나 봤고, 3년 전 덕질을 시작한 연예인을 아직까지 애정해 마지않는다. 식(食) 스타일마저 좋아하는 한두 가지 찬을 집중적으로 공략하는 타입이다.

하지만 뭐든 제대로 했다. 오랜 시간 공들여 읽은 덕에 한 번 본 책은 내용과 문장, 문맥을 그대로 기억할 수 있었다. 그렇게 마음속에 새겨진 문장은 삶의 곳곳에서 발현해 깊은 통찰을 가져다줬으며, 기꺼이 훌륭한 글감이 됐다. 휴대폰 속에 저장된 연락처는 많지 않으나 한번 인연을 맺은 사람들과는 언제든 스스럼없이 안부를 물을 수 있을 정도로 가까워졌다. 경험했던 소수의 대외 활동과 인턴이 끝날 무렵엔 언제나 새로운 배움과 능력을 획득할 수 있었다. 공모전에 나가서도 어떤 상이든 꼭 한 개는 손에 들고 왔다. 무슨 일이든 1인분의 몫을 다하고자 고군분투했기 때문이라고 생각한다.

결국 나도 나만의 방식과 속도로 나선을 그리고 있었던 것이다. 늘 같은 지점에서 실패한다고 생각했으나 사실은 좀 더 높은 고도에서, 더 나아간 지점에서 넘어지기를 반복하며 점점 나선을 확장시키고 있었다. 남들보다 느릴지언정 한 발자국 한 발자국 단단하게 찍어 가면서.

늘 자책과 후회를 벗 삼으면서 과거로 돌아간다면 더 나은 모양의 나선을 그릴 수 있을 거라고 믿어 왔다. 하지만 지금 생각해 보면 아마 그때로 돌아간다 한들 비슷한 형태의 나선을 그렸을 것 같다. 조금 다듬어지기야 하겠지만 전체적인 모양은 별반 다르지 않을 것이다. '좁고 깊게'는 예나 지금이나 변치 않는 내 고유한 속성이자 재질이고, 그 속성과 재질로 빚은 발자국으로 지금 같은 모양의 나선이 만들어졌을 테니까. 그러니 나라는 사람이 만들 수 있는 최선의 형태가 지금의 나선이겠지. 나 역시 그렇게밖에 걸을 수 없어서 그렇게 걸었던 것이라 생각한다.

세상에 원을 그리며 걷는 사람은 없다. 우리는 모두 자신이 난 대로, 각자의 방식대로 나선을 그리며 살아간다. 그리고 저마다의 나선은 DNA나 지문처럼 본인을 고스란히 담아내기 때문에 분명 자신에게 맞는 경사와 고도가 따로 있을 것이다. 그게 바로 다른 사람의 걸음걸이를 그대로 흉내 낸다면 결코 좋은 방향으로 나아갈 수 없는 이유이기도 하다.

나는 이제 안다. 타인과 나를 끊임없이 비교하며 좌절하기보다는 내 발자국의 크기와 깊이, 보폭을 고려해 좀 더 '잘' 걸을 수 있는 방법을 찾아야 한다는 것을. 무작정 여러 일을 움켜쥐려고 하기보다는 주어진 일을 잽싸게 끝내고 얼른 다른 일에 착수하는 식으로 말이다. 그렇게 나름의 방

식으로 걸음걸이와 속도를 개선하기도, 조율하기도, 때로는 그저 수긍하고 체념하기도 하면서 걷다 보면 언젠가는 나와 어울리는 출구를 찾을 수 있을 거라 믿는다. 영화에서 엄마의 편지를 읽은 이치코가 그랬던 것처럼 나도, 당신들도 분명 그럴 수 있으리라고.

그럼에도 우리는 계속 살아가야 해요

"중요한 건 과거를 되짚으며 누군가를 탓하는 게 아니라
그럼에도, 그 상처를 안고서도 우리는 다시 살아가야 한다는 거예요."

♡ ◯ ⊿

"우울증은 상담과 병원 치료를 병행해야 할까요?"

다니고 있는 정신과 의사 선생님에게 물었다. 처음에는 병원 치료와 함께 상담 센터에서 상담을 병행했으나, 비대면으로 상담 형태가 바뀌며 상황이 흐지부지됐다. 언제부턴가 그쪽에서도 내게 연락을 하지 않았고, 나도 굳이 나서서 행동을 취하지 않았다. 적절한 약물 치료와 선생님과의 대화만으로 증세가 많이 호전돼서 상담의 필요성을 느끼지 못했기 때문이다. 선생님은 눈동자를 살짝 굴리면서 생각하듯 말했다.

"상담이 굳이 필요할까요? 일반적인 상담 센터는 아마 예란 씨한테 별로 도움이 되지 못할 거예요. 그곳에선 가족이나 친구 관계를 계속해서 물으면서 프로이트식 상담을 하거든요. 과거를 되짚으며 원인을 찾는 거죠. 그런데 예란 씨, 과연 원망할 대상을 만드는 게 좋은 일일까요? 있잖아요, 찾아오는 사람들 중에서 이렇게 말하는 사람들이 있어요. 자기는 어렸을 때 부모에게서 사랑을 받지 못했다, 그래서 이런 성격의 사람이 됐고 이렇게 살 수밖에 없다고. 그런데 세상에 어쩔 수 없는 게 어디 있어. 중요한 건 과거를 되짚으며 누군가를 탓하는 게 아니라 그럼에도, 그 상처를 안고서도 우리는 다시 살아가야 한다는 거예요. 그럼에도 살아가는 것. 과거에 얽매이지 않고 자신의 일상을 회복시키는 것. 물론 상담이 필요한 경우도 있어요. 하지만 지금 예란 씨한테 중요한 건 왜 상처가 났는지 따지기보다는 상처가 낫는 데 집중해서 다시 씩씩하게 나아갈 수 있도록 하는 거예요. 예란 씨, 우리는 계속해서 살아가야 해요."

선생님의 말을 듣자 몇 달 전 피부과 의사 선생님이 했던 말이 떠올랐다. 당시 진료를 보던 중 선생님에게 약간의 울분을 담아 물었다.

"선생님, 대체 왜 갑자기 이런 게 생기는 거예요? 네? 원인을 알아야 제가 뭔가를 조심하든 조치를 취하든 제대로 된 치료가 가능하지 않을까요?"

"원인은 너무나도 다양하고 많아요. 그래서 정확한 원인은 알 수가 없어요. 대신 치료하는 방법은 확실히 알아요. 그리고 그게 중요한 겁니다."

그렇다. 어떤 상황에서 나아지고자 할 때, 과거나 원인은 그리 중요한 요인이 아닐 수도 있다. 그런데 우리는 종종 과거에 상당한 통찰을 기울이며 그 아린 기억을 하나하나 되짚는다. 이 사람 때문에, 이 사건 때문에 지금 이렇게 됐다며 돌이킬 수 없는 일을 후회하면서 누군가를 저주하고 원망하는 데 시간과 에너지를 쏟는다. 그러면서 자기 자신과 눈앞의 현실을 갉아먹는다. 부정의 감정이 피부 표피층을 뚫고 마음속 깊은 곳까지 닿도록 내버려 둔다.

물론 과거를 세세하게 복기하는 과정이 필요한 경우도 있다. 하지만 대부분의 상황에서 그건 필수 조건이 아니다. 앞서 말했듯, 중요한 건 그럼에도 우리는 살아가야 한다는 사실이다. 매일 아침 눈을 떠 일터로 향하고, 그날 주어진 내 몫의 할 일을 하고, 퇴근 후 씻고 밥을 먹고, 일상이 원활히 흘러가도록 해야 한다.

과거에 얽매여 누군가를 원망하고 상황을 탓해 봤자 변하는 건 아무것도 없다. 그저 본인만 괴로울 뿐이다. 가해

자는 기억도 못 하고 잘 살 텐데 왜 나는 이 모든 걸 떠안고 살아야 하나. 환멸과 좌절감과 분노와 슬픔이 똘똘 뭉쳐 날카로운 화살이 돼서 나에게로 돌아온다. 그러니 우리는 평소의 내 모습을 되찾기 위해, 일상으로 돌아가기 위해 '지금 내가 할 수 있는 일'에 초점을 둬야 한다. 현재의 고난을 헤쳐 나가기 위해 내게 도움을 주는 것을 찾고 행해야 한다. 그 과정에서 타인의 도움을 받아도 좋다. 물론 말처럼 쉽지 않다는 걸 누구보다도 잘 안다. 하지만 그럼에도 우리는 그 어려운 일을 애를 쓰고 기를 쓰며 해내야 한다. 한쪽으로 비정상적으로 기울어진 일상을, 황폐해진 자신을 원래대로 되돌려 놓아야 한다.

왜냐하면 우리는 계속 살아가야 하니까.
다시 걸어가야 하니까.
그게 산다는 거니까. 산다는 건 그런 거니까.

상담의 과정이 필요하지 않다거나 과거는 중요하지 않다는 말을 하려는 게 아니다(실제로 내 친구는 상담을 통해 공황장애가 많이 호전됐다). 다만 이미 원인을 충분히 잘 알고 있거나 과거를 마주하는 게 힘겨운 사람들에게, 또는 과거에 갇혀 스스로를 괴롭히는 사람들에게 말해 주고 싶다. 과거에 얽매이지 말라고. 과거는 현재의 우리를 건드릴 수 없다고. 중요한 건 지금의 상태에서 나아지는 것이라고. 힘들겠지만 어떻게 나아질 수 있을지 방안을 찾고 행동해야 한다고. 그리고 그 끝에서 다시 삶을 이어 가라고. 나도 그러기 위해 이렇게 글을 쓴다고 따뜻하게 말을 건네고 싶다.

나이 들어 좋은 게 있다면

어쩌면 나이가 든다는 건
내가 납득할 수 있는 얼굴이 많아진다는 것 아닐까.

"말하기 싫어. 그러니까 더 이상 묻지 마."

스물한 살 때, 하숙집에서 함께 살던 스물네 살의 언니는 드라이기로 머리를 말리다 말고 내 눈을 똑바로 쳐다보며 말했다. 사건의 전말을 모르는 사람이라면 내가 전 남친과의 구질구질했던 역사를 들쑤셨다거나 민감한 가정사에 대해 꼬치꼬치 캐물었다고 생각할 수도 있겠으나, 상대를 한순간에 정색 상태로 만든 건 다름 아닌 "요즘 도서관에서 무슨 공부 해?"라는 질문이었다.

언니와는 1년 정도 함께 살았다. 같은 대학을 다니면서 곧잘 어울려 지냈고, 한 학기가 지났을 무렵엔 시답잖은 농담을 주고받을 만큼 친해졌다. 그런데 2학기 중간고사가 끝날 때쯤이었나. 언니가 눈코 뜰 새 없이 바빠졌다. 아침 일찍 나가 밤 열한 시가 다 돼서야 겨우 집에 코빼기를 비쳤고, 밥 먹는 시간조차 아까워 편의점에서 매 끼니를 때우고 도서관으로 직행했다. 그런 언니를 보며 '시험도 끝났는데 왜 저렇게 바쁘지?' '대체 하루 종일 도서관에서 무슨 공부를 하는 걸까?'라는 의문을 참을 수 없었고, 그래서 마음속 생각을 육성으로 발화하고 만 것이다. 언니에게서 "그냥 뭐⋯⋯"라는 미적지근한 세 음절과 어물어물 넘어가려는 몸짓만이 대답의 형태로 돌아왔다. 그 후로 비슷한 상황이 몇 번 되풀이됐고, 그 결과가 바로 위의 대답이었다.

기분 나쁘니까 더 이상 묻지 말라는 말을 들었을 때 내 표정이 어땠던가. 사실 너무 당황해서 표정은 기억나지 않는다. 기분 나빴다면 정말 미안하다고, 언니가 걱정되기도 하고 궁금해서 그랬다고, 마음 상하게 할 의도는 전혀 없었지만 정말 미안하다고, 정돈되지 않은 단어를 띄엄띄엄 내뱉으며 거듭 사과의 말을 전했다. 그도 그럴 것이 스물한 살의 나에게 요즘 무슨 공부를 하며 왜 그렇게 바쁘냐는 질문은 "점심에 뭐 먹었어?" "1교시는 무슨 수업이야?"와 다를 바 없는, 아주 일상적이고 무해한 말이었으니까 말이다. 애초에 그런 질문에 마음이 상할 이유도, 대답을 못 할 연유도 없다고 생각했기에 상대가 대답을 꺼린다는 것조차 눈치채지 못했다.

그날 이후로 나는 언니에게 어떤 말이든 아끼기 시작했다. 마음에 앙금이 남아서가 아니라 혹여 스스로 '실례'라고 납득할 수 없는 말을 또 할까 봐. 상대가 기분이 나빴다니 사과는 했지만 여전히 언니의 심기를 건드린 지점을 알 수 없었다. 그렇게 원인 불명의 미제로 남아 있던 사건은 내가 졸업을 한 학기 앞뒀을 무렵에야 겨우 이해의 실마리를 드러냈다.

"요즘 뭐 해?"

"졸업하고 뭐 할 거야?"

"그래서 뭐 준비하고 있는데?"

그 무렵 졸업 예비생이라면 응당 통과해야 할 의례인 것처럼 쏟아졌던 일련의 질문이 마냥 무겁게만 느껴졌다. 어떤 목표와 비전을 품고 이런 계획을 세워 실행하고 있다고 자신하며 말할 수 있다면 얼마나 좋을까. 하지만 당시 나는 어느 노래의 가사처럼 "내가 밟고 서 있는 게 땅인지 하늘인지" 모를 만큼 자욱한 안개 속에 갇힌 기분이었다.

내 앞에 펼쳐진 것 중 어떤 것도 확실치 않았고 그 무엇도 보장할 수 없었다. 지금 당장 하고 있는 일조차 확신이 없어 하루에도 몇 번이나 길을 가다 고개를 떨어뜨렸다. 이런 속내를 취업이라는 테두리 안에 함께 발 딛고 선 '동지'들에겐 마음껏 털어놓을 수 있었으나 테두리 밖의 사람들, 어디까지나 '관망자'의 입장에서 나를 바라보는 사람들에겐 입을 떼는 것조차 쉽지 않았다. 온종일 도서관에 박혀 붙을지 떨어질지도 모를 자기소개서를 쓰고, 아무도 읽지 않을 글을 붙들고, 요즘은 없는 게 더 창의적이라는 컴퓨터 자격증 공부를 하고 있는, 그런 보잘것없는 일상과 별 볼 일 없는 나를 드러내고 싶지 않았다. 그들 중 대부분은 지난날의 나처럼 아무런 악의 없이 그저 궁금해 묻는 말일 테지만 그 말 때문에 부쩍 무거워진 공기를 버텨 내는 일도, 대답하는 동안 외면하고 싶었던 상황을 상기하는 것도, 그들의 호기심과 기대 뒤에 남겨진 비루한 나 자신을 감내해야 하는 것도 온전히 나의 몫이었으므로.

그래서 "도서관에서 무슨 공부 하냐"는 어느 스무 살 동생의 물음에 "인생 공부~ 끝나지가 않아~"라며 능청을 떨었고, 친척이 모이는 자리에는 갖은 핑계를 대서 빠졌다. 서류 심사에 합격해 서울까지 면접을 보러 갔을 때도 부모님에게 입 뻥긋하지 않았다.

그제야 몇 년 전 언니의 얼굴이 보였다. 시선을 피하며 눈동자를 이리저리 굴리던 눈이 보였고, 힘없이 말꼬리를 늘리던 목소리가 들렸다. 그와 더불어 기말고사를 하루 앞두고 "나는 학교 시험보다 다른 게 더 절박해"라고 말하던 학과 선배의 걱정 어린 미간이 떠올랐고, 채용 공고 사이트의 '서류 제출하기' 버튼을 누른 후 "나 괜찮은 걸까……" 막연히 중얼거리던 친구의 표정이 아른거렸다.

시간이 지나도 마음속에 걸려 있는 얼굴을 되짚어 보며 생각했다. 어쩌면 나이가 든다는 건 내가 납득할 수 있는 얼굴이 많아진다는 것 아닐까. 스무 살의 떨림과 어설픔만 알던 스물한 살의 내가 시간이 흘러 스물네 살의 불안과 초조함을 볼 수 있게 된 것처럼. 이제는 그런 얼굴을 머리로 이해하려고 애쓰기에 앞서 마음으로 먼저 느낄 수 있게 된 것처럼.

그렇게 생각하면 고생이 고생으로만 끝나는 것도, 한 살 한 살 나이가 든다는 것도 마냥 서러운 일은 아닌 것 같다. 그만큼 누군가의 얼굴에서 읽어 낼 수 있는 감정과 공감할 수 있는 애환의 종류가 많아진다는 것일 테니까. 그 말은 곧 함께 마음을 나누고 위로를 더할 수 있는 사람이 늘어난다는 뜻이고.

그러므로 결국 이 모든 게 나를 좀 더 사려 깊은 사람으로 거듭나게 해 줄 것이라 믿는다. 훗날 되돌아봤을 때 내 삶을 좀 더 긍정할 수 있게 되리라 믿으며 오늘도 씩씩하게 걸어가야지.

결핍은 나를 어떤 어른으로 키웠나

결국 '잘 산다'는 건 특별한 게 아니라,
'나'라는 사람을 얼마만큼 잘 데리고 사느냐의 문제라고 생각합니다.

♡ ◯ ◁

최근에 한 예능 프로그램에서 게스트로 나온 모 배우와 그의 어린 아들의 사랑스러운 일상을 봤습니다. TV 화면 속에는 감탄이 절로 나올 만큼 커다랗고 번듯한 집과, 그보다 더 감탄스러운 부자(父子)의 단란한 모습이 담겨 있었습니다. 아들을 향한 아빠의 다정하고 따뜻한 눈빛과 온몸으로 해사한 웃음을 터뜨리는 아이의 모습을 보며 스크린을 뚫고 나오는 행복의 기운에 저도 모르게 흐뭇한 미소가 지어졌습니다.

그러다 문득 '저런 아이는 커서 어떤 어른이 될까?' 하는 생각이 들었습니다. 부러울 것 없어 보이는 풍족환 환경과 자상한 부모님 아래에서 사랑을 담뿍 받고 자란 아이는 후에 어떤 얼굴을 하고 있을까 궁금했습니다. 분명 구김살 없는 청년이 될 것 같았어요. 표정이나 성격에 그늘지고 뒤틀린 모습이 서려 있지 않은 그런 사람 말이에요. 자신의 감정에 솔직하고 스스로에 대한 자신감이 내면 깊이 존재하는, 그래서 곤경에 처해도 금세 씩씩해질 수 있는 사람. 제가 이 제껏 봤던, 안정적인 환경에서 큰 결핍 없이 자란 사람들은 대체로 그랬거든요.

어렸을 때부터 저희 집은 가난했어요. 그리고 으레 가난한 집이 그렇듯 그리 화목하지 못했습니다. 자아 정체성에 대한 고민이 짙어질 무렵인 중고등학생 시절에는 거의 파탄 수준에 이르렀어요. 경제적인 면도, 가족 간의 신뢰 관계도 모두요.

그로부터 오는 결핍이 미웠습니다. 성인이 된 지금까지도 종종 저를 갉아먹는 이 결핍이 없었더라면 나도 세상을, 사람을, 나 자신을 좀 더 긍정하는 사람이 되지 않았을까 싶어서요. 그런데 그저 밉기만 했던 결핍에 대해 다시 생각하게 됐습니다. 책을 읽다가 결핍에 관한 새로운 관점을 접한게 계기가 됐어요.

결핍이, 어쩌면 우리의 정체성이 되는지도 모르겠다. 비어 있는 부분을 채우려 애쓰는 사이, 그런 것을 중요히 여기는 사람이 되는지도. (중략) 어른이 된다는 건 무엇일까? 어쩌면 우리는, 어린 우리가 그토록 바랐던 것을 스스로에게 주려고 어른이 되는 건지도 모르겠다. 과자를 사 먹지 못했던 아이는 나에게 과자를 사주는 어른으로 자라고, 장난감을 가지고 놀지 못했던 아이는 원하는 장난감을 나에게 다 사줄 수 있는 어른으로 자라고, 좁은 시골마을에서 살았던 아이는 낯선 나라를 여행하는 어른으로 자란다.

- 김신지, 《평일도 인생이니까》(알에이치코리아, 2020)

글을 읽고 곰곰 생각했습니다. 내 결핍은 나를 어떤 어른으로 키웠을까. 마음속에 선명히 떠오르는 한 가지가 있었어요. 어릴 적 가장 큰 결핍, '누군가 내 말을 들어주고 이해해 주고 공감해 줬으면 좋겠다'는 것이었습니다. 저는 줄곧 부모님에게 그런 걸 바랐어요. 제가 왜 그런 생각을 하는지, 왜 그런 언행을 보이는지, 지금 어떤 상태인지 관심을 가져 주길 바랐어요. 내 얘기를 들어주고, '정말 힘들었겠구나' '이런 게 너의 상처였구나' 알아주기를 원했어요. 매번 질책하고, 비난하고, 너는 비정상이라고 소리치는 게 아니라요. 스무 살이 돼서 집을 떠날 때까지 그 바람은 이뤄지지 않았지만요.

이러한 결핍은 저를 타인의 서사에 귀 기울이는 사람으로 만들었습니다. 저는 스스로 뭔가를 '잘'한다고 인정해 주는 일이 굉장히 드문데요. 이것 하나만은 자신 있게 말할 수 있습니다. 저는 '잘 듣는' 사람입니다.

상대방이 말할 때 딴생각하지 않고 눈을 맞추면서 이야기에 집중합니다. 표정과 음정의 변화, 언어의 모양새, 미세한 떨림 같은 걸 눈에 담으면서요. 그럼 노력하지 않아도 어느새 그 사람의 심정과 감정이 마음으로 느껴집니다. 그 사람의 애환에 마음 깊이 공감하게 돼요. 물론 선천적으로 그런 면모가 어느 정도 타고난 것도 있겠습니다만, 분명한 건 결핍이 저를 더욱 '그런 사람'이 되도록 만들었다는 것입니다. 또 한 가지 중요한 건 타고난 성향으로 인해 제가 그런 행동을 단순히 '하고' 끝나는 게 아니라 공감, 위로, 경청과 같은 요소를 인생에서 가장 중요한 가치로 '인식하게' 됐다는 점이에요. 제 인생에서 반드시 필요한 게 무엇인지, 어떨 때 저라는 사람이 정서적으로 가장 안정되는지 스스로 알고 있다는 뜻이기도 합니다.

또 어쩌면 그로 인해 '에세이'라는 장르에 강렬히 끌렸는지도 모르겠습니다. 대학생 때 제 적성과 소질은 생각을 글로 표현해 서론, 본론, 결론의 구성을 짜고, 문장과 문단 사이를 매끄러운 논리로 연결하는 데 있다고 생각했습니다. 그런데 소설, 논설, 평론, 칼럼, 설명문 등 다양한 글의 장르 중에서도 유독 에세이에 마음이 갔습니다. 아마 제 결핍이 저를 '사람들에게 내 이야기를 들려주고, 그 글이 누군가의 내면에 가닿기를' 바라는 쪽으로 이끌었다고 생각해요. 제가 쓴 글을 처음으로 잡지에 싣던 날, 원고료나 커리어는 필요 없으니 단 한 사람에게라도 이 글이 위로가 됐으면, 용기로 닿았으면 하고 바랐던 순간을, 그 간절함을 저는 아직도 기억합니다.

마지막으로 한 가지가 더 있어요. 결핍은 저에게 '이상형'을 만들어 줬어요. 저는 미래의 배우자에게 바라는 세 가지 요소가 있습니다. 바로 공감 능력, 젠더 감성, 눈치인데요. 따로 나열했지만 사실 이 세 가지는 긴밀하게 연결돼 있습니다. 공감 능력이 떨어지면 상대방의 입장에서 그 고충을 이해하고 배려하는 마음을 갖기 힘들고, 상황의 맥락이나 상대방의 감정 변화를 기민하게 포착하는 것도 어렵기 때문입니다. 제가 그런 걸 중요하게 여기기 때문에, 저와 평생을 같이할 사람도 이런 미덕을 아는 사람이었으면 좋겠습니다.

결국 저의 가장 큰 결핍이 나라는 사람을 정의할 수 있는 정체성이 됐고, 선택의 갈림길에서 손을 잡아끌었으며, 인생에서 가장 중요한 가치로 자리 잡게 된 것입니다. 결핍이라고 하면 덜컥 부정적인 것부터 떠올렸는데, 그리고 우리 인생에 나쁜 쪽으로만 영향을 주는 줄 알았는데 이렇게 생각하니 자라는 동안 나만의 고유한 어떤 걸 형성하는 거름 같은 역할을 했는지도 모르겠습니다. 정체성뿐만 아니라 생활 속의 작은 습관, 취미, 나만의 관례 행사와 같은 형태로 표현될 수도 있겠죠.

여러분의 결핍은 무엇이었나요? 어렸을 때의 결핍이 현재 당신의 삶에서 어떤 형태로 발현하고 있는지 궁금합니다. 한 번쯤 생각해 보고, 가까운 사람들과 이야기를 나눠 보셨으면 해요. 결국 '잘 산다'는 건 특별한 게 아니라, '나'라는 사람을 얼마만큼 잘 데리고 사느냐의 문제라고 생각합니다. 그러니 일단 나를 잘 '아는' 게 잘 살기 위한 첫 발걸음이 되리라 믿습니다.

여러분 모두 잘 사셨으면 좋겠습니다.

저 또한 이 시기를 스스로 잘 살아 내기를 바랍니다.

우리 모두 잘 살았으면.

씩씩하게 지냈으면.

부디 그러기를.

내 묘비명은 이렇게 적어 주라

그래도 나는 네가 또 보고 싶어.
네 목소리가 또 듣고 싶어. 그러니까 또 와 줄 거지?

몇 년 전, 예능 프로그램 〈집사부일체〉에서 출연자들이 자신의 묘비명을 적는 모습을 봤다. '행복하게 자기 인생을 살다 간 이○○, 여기 잠들다' '지금 이 글을 읽고 있는 당신 덕분에 후회 없이 살다 갑니다' 등 모두 자신이 걸어온 길을 돌이켜 보며 마지막으로 남길 말을 신중히 적었다. 그중 개그맨 양세형의 것이 유독 인상 깊었다. 그는 자신의 묘비명을 이렇게 정했다. '그런 표정으로 서 있지 말고 옆에 풀이나 뽑아라. 나의 마지막 계획이었다.' 유머러스한 문장인데 정작 그걸 적는 양세형의 표정은 금방이라도 울음을 터뜨릴 것만 같았다. 결국 그는 문장을 차마 다 읽지 못하고 오열했다.

진심이었을 것이다. 그는 진심으로 남은 이들에게 그런 사람으로 기억되고 싶었을 것이다. 사는 동안 사람들에게 웃음을 주고, 마지막까지 피식 웃음을 터뜨리게 하는 사람으로. 아마 사람들은 그의 묘비 앞에서 눈물을 흘리며 침울해하다 피식 웃으며 '맞아, 양세형은 이런 사람이었지' 하고 생각할 것 같다. 개그맨 양세형으로서, 인간 양세형으로서 이보다 더 어울리는 묘비명이 있을까.

그렇다면 나는 내 묘비에 어떤 말을 새길까. 스스로도 깜짝 놀랄 정도로 빠르게 한 문장이 떠올랐다. '그래도, 또 와 줄 거지?' 그래, 아무래도 나는 내 묘비에 이렇게 적어야겠다. 이 문장이 가장 적절할 것 같다.

평소에 지인들에게 연락을 잘하지 않는다. 연락이 와도 나중에 답해야지 하다가 그만 깜빡 잊어버리기 일쑤다. 그래서 카톡이나 메시지가 오면 평균 이삼 일 뒤에 답을 하곤 하는 것이다. 오죽하면 친구가 "김예란 답장 속도는 조선 시대 파발 수준"이라고 말했을까. 그렇다고 먼저 안부를 묻는 법도 없다. 누군가 문득 떠오르거나 안부가 궁금해져도 미련스럽게 그냥 계속 궁금한 채로 지낸다. 아아, 연락. 그것은 나의 크나큰 마음의 짐이요, 딜레마로다.

연락은 내게 단순히 귀찮음의 영역을 넘어 일종의 사회적 활동에 속한다. 전화 한 통, 카톡 한 개에도 정성을 들이고 신경을 쓰기 때문에 어느 정도의 긴장감과 텐션이 필요하다. 때문에 필연적으로 약간의 피로감을 수반한다. 그게 아무리 친한 친구일지라도(혼자 있을 때와 사람들과 함께 있을 때 텐션 차이가 큰 사람은 내 심정을 이해할 것이다). 그래서 종종 마음속으로만 생각하고 마는 것이다. '보고 싶다. 잘 지내고 있을까?' '요즘 힘든 일은 없나? 마지막으로 봤을 때 좀 안 좋아 보였는데' 하고.

하지만 생각은 생각일 뿐. 밖으로 드러나지 않은 마음을 사람들이 어찌 알까. 살갑게 연락 한번을 하지 않는 내게 분명 서운함을 느끼는 사람도 있을 것이다. 어쩌면 야속하다고 생각할지도 모른다. 그런 사람들에게 미안함과 고마움, 약간의 멋쩍음을 담아 "그래도, 또 와 줄 거지?" 하고 조금은 능청맞고 쑥스럽게 말하고 싶다. 마음은 그런 게 아니었는데. 실은 항상 네 생각을 했는데. 생전에 마음을 충분히 표현하지 못해 미안해. 그래도 나는 네가 또 보고 싶어. 네 목소리가 또 듣고 싶어. 그러니까 또 와 줄 거지?

염치없지만 다시 나를 찾아 달라고.
오래오래 기억해 달라고.

그렇게 묘비명을 생각하다가 자연스럽게 내 현재의 행태를 돌아보게 됐다. 속으로만 생각할 뿐 표현하지 않는 나. 번번이 귀찮음과 피곤함 뒤에 숨어 소중한 사람들에게 연락하기를 미루는 나. 후에 그런 행동을 크게 후회할 나에 대해서. 언젠가 좋아하는 작가님의 책에서 "아끼는 마음도 행동으로 옮겨지지 않으면 그다지 소용이 없다. 표현하지 않은 마음은 사실 세상에 없는 것과 마찬가지기 때문에"라는 글을 읽었다. 그 문장에 형광펜으로 동그라미를 쳤다. 슬프지만 사실이기 때문이다. 그러니까 이제라도 내 행동을 반성하고 단점을 개선하려 노력해야겠지.

그래서 최근에는 소중한 사람들에게 '요즘 어떻게 지내? 보고 싶다!' 한 문장을 써서 메시지를 훅 보낸다. 그런 식으로 오랫동안 끊어져 있던 인연을 다시 이으려고 노력한다. 훗날 내 묘비명을 보고 "또 오긴 개뿔, 뻔뻔한 놈"이라고 말하지 않고 "으이그, 진짜 김예란답다"라고 살짝 얄미워하다 마지못해 다시 찾아올 수 있도록. 아, 묘비명 생각해 둔 덕에 조금씩 사람이 돼 가는구나, 예란아.

이쯤 되니 다른 사람들의 묘비명도 궁금해진다. 사람들

은 죽을 때 무슨 말을 남길까? 거기엔 어떤 마음이 담겨 있으며, 어떤 못다 한 말이 녹아 있을까? 누구를 향하는 마음일까? 그 묘비명을 떠올리면서 현재 무슨 생각을 할까?

그러니까 미래의 묘비명이 현재의 우리에게 어떤 영향을 미칠까, 어떤 깨달음을 줄 수 있을까 하고.

아이유도 사는 건 어렵겠지

* 해당 제목은 김신지 작가의 에세이 《평일도 인생이니까》 중 '손흥민 선수도 사는 일은 어렵겠지'를 패러디했습니다.

삶은 너무도 비열하지만,
우리 끝까지 지구에 발붙이고 씩씩하게 살아가자.
다시 또각또각 걸어가자.

♥
♥
♥

휴대폰 너머로 J의 울먹임이 들려왔을 때 나는 숨을 멈췄다. 친애하는 나의 친구 J는 울음 섞인 목소리로 말했다. 이제 그냥 다 그만두고 싶다고.

J는 지난여름까지 1년간 계약직으로 일하다 다시 취준생으로 돌아왔다. J는 해가 바뀌기 전에 정규직으로 취업해야 한다며, 20대 후반에 들어선 여자에게 공백기와 나이는 취업 시장에서 치명적이라며 필사적으로 자기소개서를 써 댔다. 지원서를 쓰고 또 쓰고, 면접을 보고 또 보고, 그리고 떨어지고 떨어지고 떨어졌고.

어느 순간 J는 이 모든 과정을 기계적으로 반복했다. 불합격 메시지를 보고서 표정 하나 바뀌지 않고 먹던 칼국수를 입 안에 마저 넣었으며, 면접을 보러 오라고 했던 회사가 실은 다단계 회사였음을 알아차린 후에도 "개새끼들"이라며 욕 한번 하고 말았다. 그런 J가 물기를 머금은 목소리로

다 그만두고 싶다고, 이제는 아무것도 하기 싫다고 말했을 때 내 마음도 어찌할 도리 없이 먹먹해지고 말았다.

"세상이 점점 살기 좋아질 거라고 생각했는데 어째 점점 어려워져만 가네. 내 집 마련도, 취업도 점점 더 어려워져……."

스물한 살 때, 나보다 일곱 살 많은 지인이 내게 한 말이다. 당시엔 그저 고개를 끄덕이며 막연히 그런가 보다 생각했지만 그로부터 7년이 지난 지금, 그 말은 폐부 깊숙한 곳에 들어와 독기를 내뿜으며 움트고 있다. 7년 사이에 사회의 각 방면에서는 크고 작은 변화, 또는 혁신이라고 부를 만한 것이 일었지만 결과적으로 개인에게 부과되는 삶의 무게는 더 버거워졌다. 특히 청년들이 품을 수 있는 희망의 크기는 점점 쪼그라들었다.

한때 유행이었던 소확행, 욜로를 추구하는 삶은 취업 절벽과 코로나라는 전무후무한 재난 상황을 만나며 급격히 빛을 잃었다. 소확행이나 욜로는 돈을 벌 수 있는 상황에서나 가능한 말이었으므로 취업 자체가 불가한, 고용 불확실성이 어느 때보다 높아진 현 상황에서는 더 이상 유효하지 못한 말이 됐다. 대신 그 자리에는 2030세대의 투자, 주식 열풍이 일었다. 앞날이 불확실하고 불안정한 상황에서 청년들은 어떻게든 사라지지 않을 자신의 '자산'을 남기는 데 몰두하고 있다. 그런가 하면 20대의 일상에는 '소확취(소소하지만 확실한 성취)'가 성행한다. 하루에 30분 이상 운동하기, 일주일에 두 번 요리해 먹기, 밤 열한 시 이전에 잠자리에 들기 등 일상에서 실천 가능한 작은 일을 수행하며 성취감을 느끼려고 한다. 달리 말하면, 그만큼 뭔가를 성취하기 어려운 시대가 된 것이다. 애초에 성취할 기회를 얻는 것 자체가 하늘의 별 따기가 됐으니까.

삶은 종종 그렇게 누구에게나 아주 못되게 군다. 사람을 벼랑 끝으로 몰고 가서 이래도 계속할 수 있겠냐고 숨통을 조이며 위협한다. 그래서 J는 그날 밤 눈물을 쏟을 수밖에 없었겠지.

하지만,

하지만 이젠 정말 끝이라고 생각했을 때, 더 이상 버틸 수도 없고 도저히 참을 수 없다고 생각했을 때 삶은 슬쩍 손을 내밀기도 한다. J가 무너지기 직전, 모든 걸 포기하기 직전 극적으로 취업에 성공한 것처럼. J는 우리나라 3대 명문 대학교 중 하나인 Y 대학의 행정직원이 됐다. 2년 계약직이었지만, 예전의 우리는 계약직이라면 신물이 난다고 학을 뗐었지만 나는 J의 취업을 온 마음으로 축하할 수밖에 없었다. J가 얼마나 많은 탈락과 거부의 경험을 삼켜 냈는지 알기 때문이다. 그의 무수한 눈물과 좌절, 그날 밤의 울먹거림을 기억하기 때문이다.

J의 두 손을 꼭 잡으며 축하한다고, 정말 잘됐다고, 네 노력이 이제야 빛을 보는 것 같다고 말했다. J는 계약직이라 아무한테도 축하받지 못했는데 그렇게 말해 주니 실감이 난다며 두 눈을 지그시 감았다. J와 나는 한동안 아무 말 없이 두 손을 꼭 맞잡았다. 그렇게 우리는 또 한 번 삶의 고비를 천천히 넘어가고 있었다.

I know that life is sometimes so mean.

- 아이유, <unlucky>

때때로 삶은 너무도 못됐다고. 그런 말을 적은 걸 보면 아이유도 사는 게 퍽 쉽지 않은 모양이다. 모든 걸 다 가진 것처럼 보이는, 언제나 반짝반짝 빛을 발하는 그에게도 삶은 때때로 너무도 비열하고 못되게 굴었을 테다. 우리 모두에게 그러하듯이. 하지만 아이유는 말한다. 그러므로 말한다. "It is true. So I'm trying." 맞아, 삶은 너무 못됐어. 그러니 계속 시도해 볼게, 라고. 다시 또각또각 걸어가 보겠노라고.

J가 길을 잃은 상황 속에서도 무너지지 않고 양팔을 힘껏 휘저으며 한 걸음 한 걸음 앞으로 내디뎠기에 결국 그 못돼 먹은 삶도 J에게 손을 내밀어 줄 수밖에 없었다고 생각한다. 그런 J에게 이렇게 말해 주고 싶다. 삶은 아이유에게도 쉽지 않지만, 때로는 왜 저러나 싶을 정도로 우리에게 비열하게 굴지만, 그가 말한 것처럼 길을 잃어도 다시 또각또각 걸어가자고. '그래, 맞아. 인생은 너무 못돼 처먹었어' 담담히 인정하며 그렇기에 계속 시도해 보겠노라고. 삶이 목 끝까지 칼을 겨눠도 움츠러들지 말고, 이대로 주저앉지 말고, 두 눈에 힘 똑바로 주며 끝까지 마주 보라고 말해 주고 싶다.

그러니까 세상의 수많은 J야.

삶은 너무도 비열하지만, 우리 끝까지 지구에 발붙이고 씩씩하게 살아가자.

다시 또각또각 걸어가자.

그렇게 말을 건네고 싶다.

언제든 도망칠 수 있다는 마음으로

"정 못 하겠으면 그냥 택시 타고 도망치죠, 뭐.
저는 지금이라도 당장 떠날 준비가 돼 있는 걸요."

♡
♡
❤

친구 K가 블랙 기업에 들어갔다. 전 직장에서 퇴사하고 몇 개월간 취업 준비를 하다 들어간 곳이었다. 네임밸류, 보수, 근무 환경 모두 썩 괜찮은 조건이었기에 최종 합격 통보를 받았을 때 K는 크게 기뻐했다. 나도 손뼉을 치며 진심으로 축하했다. 하지만 일주일이 지났을까. K는 "이 회사 뭔가 이상하다"며 전화를 걸어왔다.

구성원 모두가 자기 일을 하느라 눈코 뜰 새 없이 바빠 아무도 자신에게 인수인계를 제대로 해 주지 않으며, 일단 해 보고 모르는 게 있으면 물어보라는 식이라고 했다. 게다가 들어온 지 일주일밖에 되지 않았는데 지난 사업의 최종 보고서와 올해의 사업 계획서, 예산 정산 및 편성 등 신입이 맡기에는 첨예하고 중요한 일을 자신에게 덥석 던져 주고는 막무가내로 해 오라고 했다고, 덕분에 입사한 지 이틀 만에 야근을 했다는 다소 황당한 소식을 전했다. K는 일단 주어진 일에 착수하긴 했으나 도대체 이 시스템이 어떻게 굴러가는지, 자신이 무엇을 어떻게 해야 하는지 당최 감이 잡히질 않는다고 했다. 사수에게 물어보면 귀찮다는 티를 팍팍 내며 "지난 문서 찾아보세요"로 일관해 자신을 쭈구렁탱이로 만든다는 말도 덧붙였다. 나는 들어간 지 얼마 되지 않았으니 모르는 게 당연하다고, 한 달 동안은 적응 기간이라 생각하고 힘들어도 버텨 보자고 얘기했다.

그러나 시간이 흐를수록 상황은 악화됐다. 2주가 지났을 무렵, K는 뜬금없이 기관 홍보 담당자가 돼서 당장 영상 업체와 계약해 홍보 영상을 만들어야 했고, 그다음 주부터는 사업에 필요한 전문가 변호인단을 직접 섭외해야 했다. 그 와중에 자신에게 꽂히는 동료들의 텃세와 뒷담화를 견뎌야 했다. 그리고 입사한 지 딱 한 달이 됐을 때 K는 도저히 못하겠다고, 그만두고 싶다고, 너무 일이 많아 화장실 갈 새도 없고 사람들의 냉소를 견디는 것도 너무너무 힘들다고 말하며 휴대폰 너머로 울음을 터뜨렸다.

하지만 K는 이것저것 계산하지 않고 당장 회사를 박차고 나올 만큼 세상 물정 모르는 어린아이가 아니었다. K는 나이 스물일곱에 신입으로 회사에 들어가는 일의 어려움을, 이 시국에 괜찮은 일자리를 구하는 게 사막에서 오아시스를 발견하는 것만큼이나 희귀하고 고된 일임을 뼈저리게 알고 있었다. 그래서 그는 한 달 내내 몇 평 남짓한 원룸 자취방에서 혼자 머리를 싸매고 고민했을 것이다. 지금이라도 그만둘까. 조금만 더 버텨 볼까. 내가 너무 나약한 게 아닐까. 매일 아침 출근하는 게 죽기보다 싫다고 느꼈음에도 쉽게 그만둘 수가 없었을 것이다. 그런데 한 달 하고 다시 일주일이 지났을 무렵, K는 한층 가벼운 말투로 말했다.

"예란아, 나 이제 그냥 '될 대로 돼라' 상태야. 오늘이라도 당장 사표를 낼 수 있다는 마음가짐으로 다니고 있어. 진심이야. 나는 오늘이라도, 내일이라도 언제든 수틀리면 사표 내고 다 때려치울 거야. 그러니까 어느 날 내가 관뒀다고 말해도 너무 놀라지 마."

나는 휴대폰 너머로 들리는 K의 목소리에 격하게 고개를 끄덕이며 큰 소리로 답했다.

"그래, 그런 마음이야! 언제든 도망칠 수 있다는 마음. 그런 마음을 항상 지니고 있어야 해!"

일전에도 이런 대화를 마주한 적이 있다. 전 직장에서 타 부서에 있던 신입이 악덕 상사 때문에 몹시 고생하던 때의 일이었다. 어느 날 아무도 없는 회사 탕비실에서 그와 마주 쳤고, 그에게 또라이 같은 상사 때문에 너무 고생이 많다며 심심한 위로를 건넸다. 그러자 그는 놀라울 정도로 아무렇 지도 않은 듯 가볍게 어깨를 으쓱하며 말했다.

"에이, 정 못 하겠으면 그냥 택시 타고 도망치죠, 뭐."

"네? 진심이세요?"

나는 눈을 크게 뜨고 되물었다. 그는 내 물음에 이게 뭐 대수로운 일이냐는 듯 가볍고 무심한 투로 답했다.

"그럼요. 저는 지금이라도 당장 떠날 준비가 돼 있는 걸 요. 그렇게 생각하면서 일하고 있어요."

"정말로 그러네요. 우리는 언제든 떠날 수 있어요. 언제 든 지갑을 챙겨서 택시를 타고 여기서 벗어날 수 있어요!"

모든 사람이 언제든지 자신이 하는 일에서 도망칠 수 있다는 생각을 했으면 좋겠어요. '정답은 이거 하나뿐이다'라고 생각 이 환기되지 않으면 삶이 너무 힘들잖아요. 그렇게 생각하지 않으면 오래 못할 것 같아요.

배우 김태리는 한 매거진 인터뷰에서 이렇게 말했다. 그렇다. 우리는 모두 이 일에서 언제든 도망칠 수 있다는 마음을 한구석에 품고 있어야 한다. 모든 걸 멈추고 언제든 지갑을 챙겨 택시를 타고 내가 가고 싶은 곳으로 떠날 수 있다는 마음.

'이거 아니면 안 돼'라고 생각하는 순간, 우리는 너무도 쉽게 스스로의 정신과 육체를 망쳐 버린다. 절실함을 넘어 절박해져서 이성은 마비되고 시야는 좁아진다. 더 이상 내가 이것을 왜 하는지, 무엇을 위해 이렇게까지 하는지 알지 못한 채 그저 좌우 시야를 가린 경주마처럼 오로지 한곳만 맹목적으로 바라본다. 그리고 그 절박함은 곧 집착과 강박으로 이어져 스스로를 옥죄는 올가미가 되는 것이다. 그러는 동안 인생은 그게 잘됐을 때와 잘되지 않았을 때로 이분화되고, 주변의 무수한 새로운 가능성은 빛을 잃고 시야 밖으로 밀려난다. 결국 그건 나라는 사람을 대변하는 뭔가가 돼서, 그게 잘되지 않았을 경우 크게 좌절하면서 인생 전체가 실패한 것만 같은 착각에 빠지게 되는 것이다.

때문에 역설적으로 이것에서 언제든 도망칠 수 있다는 마음을 지니고 있어야 자신의 몸과 정신을 지키며 오래도록 일할 수 있다. 지치지 않고, 조급해하지 않고, 주변의 새로운 가능성과 소중한 것을 놓치지 않으며 걸어갈 수 있다. 그것과 자신을 분리해 생각할 수 있고, 스스로가 진정으로 원하는 게 무엇인지 알아챌 수 있는 틈이 생긴다. 그렇게 적당한 거리감과 밸런스를 유지해야 스스로를 몰아붙이지 않고 건강하게 일상을 건너갈 수 있다.

그러니 나는 오늘도 내 일터와 글에서 언제든 도망칠 수 있다는 마음으로, 달랑 카드 한 장 들고 어디로든 떠날 수 있다는 마음으로 하루를 시작하려 한다.

내가 글을 쓰는 이유

누군가에겐 글쓰기가 생계 또는 꿈, 취미, 아니면 그 이상의 뭔가일 것이다. 나에게 글쓰기는 짝사랑이다. 나는 너를 너무 사랑하는데, 너랑 가까워지고 싶고 잘해 보고 싶은데. 언제나 저 멀리서 애틋하게 바라보며 절절 끓는 이 마음이 가닿기를 바랄 뿐이다. 우리가 한 발짝 더 가까워지기를. 하지만 짝사랑, 그건 이름만큼이나 그리 호락호락하지 않다. 이 사랑의 대상은 종종 얄밉고도 도도하게 이렇게 말한다.

"네가 나를 얼마나 사랑하는지 알겠어. 그러니 이번엔 내가 큰 인심 써서 다음이나 브런치 메인 화면에 걸리게 해 줄 게. 됐지?"

그렇게 아주 가끔, 가아끔 희망을 주고선 다시 언제 그랬 냐는 듯 등을 돌린다. 이 싹퉁바가지.

최근에 글을 올리려고 브런치에 들어갔는데 누가 '좋아 요'를 눌렀는지 알림 표시가 떠 있었다. 종 모양의 아이콘에 달린 조그만 민트색 동그라미. 나는 그 표시를 한동안 가만 히 쳐다보다가 화면을 그대로 캡처했다. 어쩌면 나는 이 조 그만 동그라미를 보기 위해 글을 쓰는지도 모르겠다고 생 각했다.

새 글을 올리고 나서 잠시 후 뜨는 알림 표시를 들여다보 는 걸 좋아한다. 알림을 확인하기 전, 마음속에 자리 잡은 조그마한 설렘이 풍실풍실 부피를 늘려 가는 게 좋다. 마음 에 몽글몽글하고 부드러운 원을 그리는 듯한 그 느낌. 이번 엔 어떤 사람이, 몇 명이 내 글을 읽고 공감했을까? 어쩌면 누군가는 댓글을 달아 주지 않을까? 혼자 작은 기대와 소망 을 품으며 가슴 설레 한다. 그러고는 마음을 다잡고 알림 표 시를 살짝 눌러 본다. 생각보다 반응이 좋을 땐 하루 종일 기분이 좋다. 하지만 그와 반대일 경우엔 눈썹과 입꼬리가 풀썩 내려앉는다. 최선을 다해 썼는데 반응이 별로 좋지 않구나. 좋아요나 구독도 별로 없고, 메인 화면이나 포털 사이트에 노출되지도 않았구나. 실망과 착잡함이 더해져 회의감과 스스로에 대한 의심을 만들어 낸다. 어쩌면 나는 한 포기의 재능도 없는 게 아닐까. 나 이제 정말 글 쓰는 일 그만둘까 봐.

아니다, 아니야! 그런 마음이 들 때면 얼른 정신을 차리고 그날의 마음을 떠올린다. 처음으로 잡지에 내 글을 싣던 날, '이 글이 한 사람에게라도 가닿아 위로와 용기를 줬으면' 하고 간절히 바랐던 마음을. 자기소개란에 '사람들의 마음을 움직이고 공감을 얻는 글을 쓰고자 노력합니다'라고 적던 그 마음을.

많은 사람들이 읽진 않아도 단 한 사람에게만이라도 단단히 가닿아 위로와 공감, 용기를 전하는 것. 또는 뭔가를 깨닫게 하는 것. 그 마음을 잊으면 안 된다고. 나는 스스로에게 과거의 다짐을 상기시켜 주며 처음 글과 사랑에 빠졌던 순간을 떠올린다. 그러면 다시금 겸손한 마음으로 돌아간다. 다시 열심히 써야겠다는 마음이 차오른다. 내 글을 끝까지 읽고 손수 좋아요를 누르고 댓글을 남겨 주는 분들에게 넘치는 감사함을 느낀다. 조그맣고 귀여운 내 독자분들과 이 책을 읽어 준 분들에게 무한한 애정과 고마움을 느끼며 다시 얼마간의 힘과 희망을 얻고서 하얀 백지장에 키보드를 두드린다.

"나의 감성과 성찰이 당신에게 '위로'와 '공감'이 되어 닿기를."

내 브런치의 소개글이다. 그렇다. 내가 글을 쓰는 이유는 지식과 글솜씨를 자랑하기 위해서도, 단지 나를 표현하거나 과거를 기록하기 위해서도 아니다. 나는 내 감성과 성찰이 누군가에게 위로와 공감의 형태로 다가가기를 바란다. 내 글이 누군가에게 울림을 줬으면, 그래서 한 사람만이라도 내 글을 보고 용기와 희망을 얻었으면, '나만 그런 게 아니구나' 공감했으면 좋겠다. 당신과 같은 존재가 여기 또 있다고, 그러므로 우리 모두 돌아갈 무렵엔 위로가 필요하다고. 그런 말을 전하고 싶어 글을 쓴다. 비록 몇 명 읽지 않는다 해도 누군가의 내면에 가닿아 울림을 줄 수 있을지도 모르니까.

그래서 부끄럽지만, 새로 산 노트 첫 페이지에 거대한 꿈을 적어 놓았다. 항상 마음에 품고 있던 말. 누구에게도 말하지 않은 내 꿈, 희망을.

서른 전에 꼭 내 책을 낼 거야.
에세이 작가가 될 거야.
사는 동안 내 책을 세 권 이상 내고, 그중에 몇 권은 베스트셀러가 될 거야.

그리고 페이지 한 모퉁이에도 작게 적었다. "뭐, 안 되면 말고."
꿈을 이루지 못한다고 해서 글 쓰는 일을 멈추지 않도록, 너무 실망해서 좌절하지 않도록 빠져나갈 구멍을 만들어 놓는 것이다. 그렇게 된다면 더할 나위 없이 좋겠지만, 꼭 그러지 않아도 괜찮아. 작가가 되지 못하더라도 글 쓰는 걸 멈추지 않을 거야. 뭐, 안 되면 말라고 그래! 나는 계속해서 쓰고, 쓰고, 또 써서 기어코 쓰는 사람으로 남을 테니까 말이야.

자, 이제 다시 책상에 앉아 글을 적을 시간이다.

오늘도 민트색 동그라미를 고대하며 타닥타닥 경쾌하게 키보드를 두들긴다.

"힘내"를 대신할 말을 찾았다

2021년 10월 15일 초판 01쇄 인쇄
2021년 10월 22일 초판 01쇄 발행

글 김예란

발행인 이규상   편집인 임현숙
책임편집 황유라   교정교열 신진
디자인팀 최희민   마케팅팀 이성수 이지수 김별 김능연
경영관리팀 강현덕 김하나 이순복

펴낸곳 (주)백도씨
출판등록 제2012-000170호(2007년 6월 22일)
주소 03044 서울시 종로구 효자로7길 23, 3층(통의동 7-33)
전화 02 3443 0311(편집) 02 3012 0117(마케팅) 팩스 02 3012 3010
이메일 book@100doci.com(편집·원고 투고) valva@100doci.com(유통··사업 제휴)
블로그 blog.naver.com/h_bird 인스타그램 @100doci

ISBN 978-89-6833-338-5 03810
© 김예란, 2021, Printed in Korea